Momoka Kujou
100
九条桃華
学園の美女四天王のひとり。恥ずかしがり屋で男子がちょっと苦手。
「良かったらその……私とも
友達になってほしい……で
「も、勿《もち》論《ろん》！というか、
俺の方からお願いします！」
好感度が見えるように
なったんだが、ヒロインが
カンストしている件

25
「あんた、バカ？
ま、いいわ。桃華のこと
大事にしてあげてね」
Yui Kisaragi
如月結衣
桃華が大好きな桃華の親友。基本、男子は敵。

-100
「これ、落としましたよ？」
Nozomi Yukimura
雪村希
男子からの絶大な人気の反面、女子の友達はゼロ。鋼メンタル。

100
Kaede Kamishiro
神代 楓
クール系美人。感情を
外にあまり出さないが、
人一倍好奇心旺盛。
「冬馬が面白いって
言ってくれたから、
私はすごく満足なの」

好感度が見えるようになったんだが、ヒロインがカンストしている件

小牧亮介

角川スニーカー文庫

21478

CONTENTS

口絵・本文イラスト 遠坂あさぎ

口絵・本文デザイン 百足屋ユウコ＋たにごめかぶと（ムシカゴグラフィクス）

第1章　なんかハートマークが見えるんだが

蚊というのは何故《なぜ》、こうも不可解な行動をするのか。普段は腕とか、ふくらはぎ辺りを刺してくるくせに、人が寝ていると耳元を飛び始める。あの羽音が実に不快で、怒りたくなるのは俺だけじゃないはずだ。

そして今、その事態が発生している。プーンという音のせいで寝つけない俺は、布団を被《かぶ》ってその場をしのいだのであった。

そして、迎えた朝。布団から体を起こし、覚醒するまでの間ボーッとする。すると、腕に何か違和感が走った。目線だけを移すと、蚊が一匹止まっている。

こいつが昨日のやつか。いざ、勝負。自称音速の張り手を繰り出す。ぬんっ！　……手応えはありだ。

ゆっくりと手を離すと、手のひらで蚊が潰れていた。

イエスっ！　討ち取ったり。そんな満足感に浸りながら、もう一度蚊に目を移す。すると、またも違和感が。

この蚊、見たことない色してんな。

そう、本当に変わった色をしている。真っピンクなのだ。普通、蚊って言ったら、白黒のシマシマタイプか、小汚い黄土色タイプだったような。

ま、こんなのもいるんだなと、潰れた蚊をゴミ箱に捨ててリビングに向かった。

リビングに着くと、朝ご飯のいい匂いと、母さんのご機嫌な鼻歌が聞こえてきた。声のする方に向かって「おはよ」と挨拶をすると、母さんがキッチンから顔だけを覗《のぞ》かせる。

「おはよー」

ご機嫌な笑顔の母さん。が、しかし、そんな母さんの様子なんてどうでもよくなるくらいの衝撃が俺に走った。

「か、母さん、頭の上のそれ、何？」

「え、なんか付いてる？」

「い、いや、そのハートマーク！」

そう、母さんの頭上にハートマークが浮いているのだ。しかもそのハートの中央には80という数字が書かれている。

震える声で指摘すると、母さんは頭の上で手をヒラヒラ動かす。しかし、その手はハートの中を通過する。まるでホログラムに触れようとしている感じだ。

マジでなんなんだこれ……。と狼狽《うろた》えていると、母さんが細めた目で俺を睨《にら》む。

「あんた、寝ぼけるのも大概にしときなさいよ。ささ、早く支度、支度。美来《みく》ちゃん迎えに来てくれるんでしょ？」

「え？　ああ！　はいはい」

母さんのハートマークは一旦忘れて、朝ご飯を食べる。味覚は普通だ。美味《おい》しい。そして、支度を終えた俺は元気よく玄関の扉を開けた。

「おはよ、冬馬《とうま》」

「おっす、美来。……って、えぇっ⁉」

またも雷に打たれたような衝撃が走る。なんと、目の前にいる幼馴染《おさななじみ》、浅宮《あさみや》美来の頭上にもハートマークが浮いているのだ。しかも数値は80。これはいったいなんなんだ。

と、驚いていると美来は大きなため息をつく。そして、額に手を当て、首を横に振った。

「あのさ、朝から何？　ゴールデンウィークボケも大概にしときなさい」

「い、いや。頭の上のそれ、なんだよ」

「はあ？　なんかいるの？」

「いやいや、そのハート！」

そう言って美来も母さんと同じように頭上で手を動かす。しかし、ハートには触れられないようだ。美来は手を下ろすと、目を細め蔑みの眼差《まなざ》しを向けてくる。

「はぁ……。なんか変な物でも食べたの？　まっ、いいや、早く行こ」

「う、うっす！」

そう言って美来は長い黒髪をなびかせ、俺に背を向けた。そして、二人並んで学校までの道を歩いていく。

しかし、美来も朝から容赦ない言いようだ。昔っからそうだ。男勝りで、女の子らしい遊びをしてるとこなんて見たことがない。しかし、見た目は良いらしく、そこそこにモテるらしい。彼氏ができたなんて話は聞いたことないけど。

と、そんなこんなで学校に着き、我がクラス一年四組へ入る。すると、もう一人の幼馴染、七瀬春輝《ななせはるき》が軽く手を挙げた。

「よっ、遅かったな」

「お、お前もか……」

七瀬春輝は、俺の中で一番の友人だ。俺と違って容姿は完璧で、小さい頃から告白されない日がないくらい人気がある。そして、この高校に入学してからも、そのイケメン力は発揮されていた。春輝は同学年のみならず、上級生にまで声をかけられるほど人気があるのだ。

だが、なんだ、これは。春輝の頭上にもハートマークがある。しかも数値は80。なぜか背筋が凍る。

俺が口角を引きつらせていると、春輝は不思議そうな顔をして俺と美来の元へ来た。高身長にワックスでセットされた栗色《くりいろ》の髪、そして端正な顔立ち。そんなハイスペックマンが顔を近づけてくる。

「どうした？」

「いやね、朝からこんなんなのよ。ほっとけほっとけ」

そう言って美来が春輝を引っ張っていく。そして二人が去って視界が開けた今、俺は絶望する。なんと、教室内にいるやつ全員の頭上にハートマークが浮いているのだ。

こ、これはなんなんだ。知らぬ間に変な薬でも盛られたのか⁉

キョロキョロと忙しく辺りを見回す。落ち着いて見てみると、大概の人たちの数値は30。仲の良いやつは、50〜70くらいであることに気が付いた。

もしかすると、近しい人ほど数値が高いのかもしれない。段々と状況の判断はできてきた。しかし、原因は分からない。

落ち着け、落ち着くんだ、桐崎《きりさき》冬馬。ただハートマークが見えているだけだ。幽霊だとか恐ろしいものが見えてるわけじゃない。実害なしだ。

そう自分に言い聞かせ、冷静に一時限目の用意をする。授業が始まると、やってくるのが先生というものであり、先生達の数値は40~50あたりと微妙なものだった。

そして迎えた昼休憩。朝よりは、だいぶ慣れてきた感がある。

さて、購買に行きますか。そう心の中で呟《つぶや》いて席を立つと、美来と春輝が俺の元に来る。

俺達、幼馴染組は毎日のようにお昼を共にしているのだ。二人は弁当ということなので、先に食べててくれと言い残し、俺は廊下に出た。

相変わらずハートマークばかりだなと考えながら歩いていく。すると、クラスの中でも割と親しい友人である五美《いつみ》が俺の肩に腕を回してきた。ちなみにハートの数値は75と高い方だ。

「よっす！　購買か？」

「おう。一緒に行くか？」

「いいぜ。てか、本当、俺達の代は当たりだよなー！」

「急にどうしたんだよ」

五美が握り拳を震わせ、嬉《うれ》しさかは知らないが何かを噛《か》み締めている。

「いやいや、四天王《してんのう》の話！　マジで可愛《かわい》いよな！　目の保養とかいうレベルじゃねーよ。贅沢《ぜいたく》を言うならば一緒のクラスが良かったよなー」

四天王。その単語だけは聞いたことがある。なんでも俺達の学年で、トップレベルで可愛いと噂《うわさ》されている女子四人の総称なんだとか。誰が決めたのかは知らないけど。

「あー、その話か。たまにその話聞くけど、俺見たことないんだわ」

「は？　お前は馬鹿か！　俺達のハイスクールライフが始まって、もう一ヶ月以上経《た》ってるんだぞ。怠慢もいい加減にしとけよな」

「いや、そんなこと言われても……」

そう顔を引きつらせていると、五美はため息をつきながら、前を向く。すると、五美の顔つきが変わった。なにか珍しい物でも発見したかのような顔だ。

「お、おい、噂をすれば四天王の一人、九条桃華《くじょうももか》ちゃんがいるぞ！」

そう言って五美が指差した方に視線を向ける。そこには肩にかかるくらいの黒髪で、大きな目と柔らかな雰囲気を感じさせる顔立ちが特徴の女子がいた。

確かに可愛い。四天王っていうのもうなずけるな。……って、えっ⁉

目線を少し上にズラすと、今日一番の衝撃が脳内に叩《たた》きつけられた。

待て待て。これはどういうことだ⁉

なんと、四天王の一人、九条桃華さんの頭上に浮かぶハートマークに100の数値が刻まれているのだ。

この数値。俺の予想では近しい人間度を表す物だったはず。だが、九条さんが100とはどういうことだ？　俺は九条さんと話したこともないし、なんなら存在も知らなかったわけだし。よく知らない人が最高値となると……。このハートマークの数値は、もっと別の意味があるのか？

混乱しまくった。もう一度、九条さんの方を見てみる。すると、ヤバイことに目がバッチリ合ってしまった。気まずい！　しかし、九条さんはサッと目を逸《そ》らす。

見過ぎたかもしれん。マジで申し訳ない。

一度立ち止まり深呼吸をしてみる。混乱してても仕方がない。この数値が何だろうと、別に何かが起こるわけでもないのだ。

横では五美が変なものを見る目を向けていたが、俺は何事もなかったかのように、再び購買に向かって足を進めた。

しかし、九条さんか……。可愛いな。

100

購買で欲しいパンと飲み物が買えた俺は、美来と春輝がいる教室へ戻った。席に座り、さっきのことを思い出す。

九条さん、なんであんなに数値が高かったんだろう。しかもめちゃくちゃ可愛いし。気になります！

そんなことを考えていると、脳天に空手チョップが飛んできた。

「いてっ……。何するんだよ」

「あんたね、さっきから呼んでるでしょ！　無視すんじゃない！」

頭をさすりながら、目を向ければ美来が不機嫌全開で俺を睨んでいた。すると、その横で春輝が笑い始める。

「ははは、冬馬が上の空とは珍しい。なんかあったのか？」

不機嫌そうな美来も、愉快に笑う春輝も頭上の数字は80。二人とも近しいと言えば近しいが、九条さんの数値のこともあるし、やっぱりよく分からないな。

「いやあのさ、四天王っているじゃん？　その一人の九条さんを初めて見たんだけど、すんげー可愛くて。あれはなんとも形容しがたいね」

そう感慨深げに言うと美来がわざとらしく大きなため息をつく。

「どうせ、相手にされるわけないんだし、ときめくのも程々にしときなよ」

「わ、分かってるわ！　って、言ってて悲しくなるわ。俺、そんなに悪いかな？」

「んー、中の中ってとこじゃない？　ま、これは幼馴染の贔屓目《ひいきめ》があるから、実際は中の下かもね」

美来の無慈悲な発言に肩を落とすと、春輝が優しく俺の肩に手を置いた。

「そんな悪くないよ。それに人間、中身だよ」

「お、お前に言われるとトドメにしかならんわ」

涙目で睨《にら》むと、春輝は気まずそうに苦笑いをした。やはり、イケメンって余裕があるというかなんというか。見習いたいね。


そして、お昼を食べて迎えた午後の授業。四月に買ったお気に入りのシャープペンを走らせ、俺はノートを必死にとっていた。

すいすい書ける。やはり文房具が違うと勉強の質が上がるかもしれん。そんな自己満足に浸っているとチャイムが鳴った。やっと今日の授業が終わったのである。

椅子の背もたれに体重をかけ伸びていると、美来と春輝が俺の元へやってくる。すると、美来が机の上の俺のシャープペンを手に取った。

「あれ？　冬馬、シャープ変えた？　消しゴムも新しいね」

「おう！　てか、よく分かったな。なんか知らんけど、冬くらいにシャープと消しゴム失《な》くしたんだよね」

「へぇ。ま、どうせベッドの下にでも転がってんでしょ」

「いや、探したけどなかったんだわ」

そう言うと、美来は興味なげに「ふーん」と言ってどこかへ行ってしまった。何しにきたんだと疑問を浮かべていると、春輝が俺を呼ぶ。

「冬馬って、シャープ一本しか持たないよな。こだわりでもあるのか？」

「いや、別に。鉛筆もあるし、それにお金勿体《もったい》ないじゃん」

「ははは、なるほど。まあ、でも予備にもう一本あるといいかもな」

「確かにな」

そう言うと、春輝は微笑《ほほえ》んでどこかへ行ってしまった。それから掃除、ホームルームを終え、本日の学校は終わり。さあさ、帰りだと廊下を歩いていると、春輝が横に来た。

「一緒に帰ろうぜ」

「おう」

爽やかイケメンスマイルを向ける春輝。本当、はたから見たらなんで俺と一緒にいるんだってなるだろうな。

そんなことを考えながら目線を前に向ける。すると、少し先の方に、九条さんがいた。

しかも、またも目が合ってしまった。

開放された窓から入ってくる風に揺れる綺麗《きれい》な黒髪。その姿はまさに高嶺《たかね》の花《はな》だ。手を伸ばしても届くことのない存在。きっと、恋人だっているだろうし、その人はかっこよくて何でもできる人なんだろうな。でもそれでいい。綺麗な花でも見るだけなら、俺にもできる。

そんなことを考えながら固まってしまう。まるで俺だけ時間が止まったかのように。と、足を止めていると、春輝が俺の顔を覗《のぞ》き込んだ。

「冬馬？　大丈夫か」

「え？　あぁ、大丈夫大丈夫！」

そう慌てて言うと、春輝は小さく笑った。

「九条さんか。気になるなら話しかけてみたらいいんじゃないか？」

「いやいや、知らんやつにいきなり話しかけられたら、不審がられるだろ」

そう言ってため息をつく。すると、後ろから春輝を呼ぶ声が聞こえてきた。

「あ、あの七瀬くん。今から、少し時間貰《もら》えないかな？」

緊張した様子の女子。見た感じ俺たちと同じ一年だ。頭上の数値は30と、廊下ですれ違う人達と変わらない数値だ。というより……この様子。この展開、分かる。分かるぞ！

「いいよ。冬馬、ごめん。先帰ってて」

「おう、またな」

こんなことは日常茶飯事だ。別に今更なんの感情も湧いてこない。春輝はイケメンでスタイルも良い。運動だっていつからかは忘れたけど、すごくできるようになってて、本当に完璧だ。勉強もできる。女子からすれば、春輝もまた高嶺の花なんだろうな。

引き止める理由もない。軽く手を挙げると、春輝とその女子はどこかに行ってしまった。

さて、帰りますか。と、再び前を向く。すると驚くことに、九条さんはまだいた。

あ、あんなところで立ち止まって、何してるんだろう？

それにまた目が合ってしまった。さすがに合いすぎだ。あんまり見ていると、不快な思いをさせちゃうかもしれない。

俺は、サッと目を逸らし、早足で九条さんの横を過ぎていった。


一人歩いて行く帰り道。美来は委員会があるって言ってたしな。部活も委員会も入っていない俺は寂しく帰るのだ。長く感じる帰り道。とぼとぼと歩いていると、余計なことを考えてしまう。春輝、また断るのかな。

家に着いた俺は、取《と》り敢《あ》えずリビングの椅子に鞄《かばん》を置く。今日も疲れたなと、勢いよく座り、テレビをつける。そして、流れるニュースを何も考えずに脳内に流し込んでいく。

すると、気になるニュースが飛び込んできた。いつも他人事《ひとごと》のように見ていたニュースに初めて食いついてしまった。

『昨日、研究施設より逃げ出した蚊について、未《いま》だ情報がありません』

淡々と原稿を読み上げるニュースキャスターが更に続ける。

『逃げ出した蚊は全身がピンク色をしているとのことです。この蚊に刺されると、次の症状が出るようです。まず第一段階として、他人の頭上に自分に対する好感度を示すハートマークが出現します。そして……』

ま、マジか。今朝のことを思い出す。確か、潰した蚊は全身ピンク色だったはず。それに今日はすれ違う人、みんなにハートマークが付いていた。それに……こ、好感度だと？　ってことはやはり、近しい人ほど数値が高いという俺の予想は合っている気がする。

母さんや美来、春輝は揃《そろ》って80だし。これはかなりの親しさと言えるだろう。付き合いも長いし。それに高校から仲良くなった人たちは高くても70くらいというのも納得だ。先生たちが40、50となると、この辺りは、親しさというより、好印象側？　といった具合だろうか？

……いや、しかしそれだと、九条さんの好感度が１００っていうのはどういうことなんだ？　接触したことないのに好感度が高いっておかしいだろ。ま、まぁ、未知の生物だし、研究施設がうんたらって言ってたし、バグもあるんだろう。そうに違いない。

混乱する頭を冷やそうと、椅子から立ち上がる。そしてテレビを切って自室に向かった。鞄を放り投げて、ベッドにダイブ。そして枕に顔を半分埋《うず》めながら、片手でスマホを操作し、インターネットを開いて検索ワードを何気なく打ち込んでみる。

【好感度　とは】

何やってんだ俺!!

こんなことをしている自分が恥ずかしくなって、枕に顔を思いっきり埋める。ふと頭に浮かぶのは、風に吹かれる九条さんの立ち姿。

本当に綺麗だったな。バグかもしれないとはいえ、好感度が高いって出ちゃうと気になる。春輝が言ってたように、話しかけるだけならいいのかな。話してみたいな。

その日の夜はそんなことばっかり頭に浮かんで、何も手につかない状態だった。

また明日、見ることができればな。そんなワクワクとした気持ちを胸に、俺は掛け布団を強く抱きしめて眠りについた。

翌日の朝。母さんや、美来、春輝のハートマークを見て、あれは夢じゃなかったんだなと現実を再認識した。学校に着けば、沢山現れる30という数字。恐らく、これが基準値。30は俺に対して良くも悪くも何も思っていないということだろう。

幸いなのかは分からないが、30を下回る人は見かけていない。そのせいか、変に悪印象を与えないようにしなきゃというプレッシャーが襲ってくる。

気疲れしそうだなとため息をつく。さて、次の授業は数学かと、教科書の準備をしていると美来がやって来た。

「冬馬、課題のプリント運ぶの手伝ってくれない？」

「あぁ、いいよ」

教卓の上に積まれたプリント。あれは現代国語の宿題だ。プリントが大きいせいか、クラス全員分を一人で運ぶにはキツそうだ。俺と美来で半分ずつ持って、職員室へと向かった。

「しかし、現国の課題、いつも多すぎよね。藤川《ふじかわ》先生のクラス好感度、絶対低いわ」

「え⁉　そ、そうだな！」

美来から飛んできた好感度という単語に、思わず過剰な反応をしてしまう。すると、美来は目を細めて変な物でも見る目を向けてきた。

「冬馬さ、本当昨日からおかしいよ？　マジで変な薬とかやってないでしょうね」

「や、やるわけないだろ？　俺は割と模範的な生徒だし！」

今日も美来の言い様は厳しいものだ。まぁ、それが許される仲だから、今更どうこうという問題ではないけど。

と、ため息をつきながら前を向くと、職員室が見えてきた。後一息だと気が抜けたその時、職員室の扉がガラリと開かれる。なんと、そこから出てきたのは、九条さんだった。相変わらずの綺麗さだ。だが、そんなことよりも、やはり頭上の好感度を示すハートマークが気になってしまう。

なぜ100なんだ……。

と、九条さんの頭上を凝視していると、美来が俺の肩に肩をぶつけてくる。そして、小声で話しだした。

「ほら、九条さんよ。今のうちに目に焼き付けといたら？」

「え？　あ、あぁ」

言われて美来から九条さんに視線を移す。すると、またも目が合ってしまった。幾ら何でも合いすぎだ。タイミングが悪いのだろうか。しかし合って一瞬、九条さんはサッと目を逸《そ》らすと、背を向けて廊下を早足で歩きだした。

「あーあ、あんたキモがられたかもね」

「え、マジで？」

ニヤニヤと意地悪そうな笑みを浮かべる美来。俺はその言葉に気が気じゃなくなってしまった。見ていただけで嫌われてしまうなんて。いや、何度も目が合えば、キモがられても仕方ないかもしれない。それに迷惑をかけてしまったかもしれない。

これは反省だなと、項垂《うなだ》れながら職員室内へ。そして現代国語の先生のデスクに、プリントの山を積んで、職員室を後にした。すると、職員室を出てすぐのところで、俺と美来の名前が呼ばれた。振り返れば、数学の先生が手招きをしている。

「桐崎、浅宮！　どっちか、プリント運ぶの手伝ってくれ」

湧いて出てきた依頼。美来が面倒臭そうな顔をしている。ここは俺が行きますかな。

「俺、行くよ」

「お！　さっすが！　そんじゃよろしく！」

そう言って美来は歯を見せて笑うと、足取り軽く教室方面へと向かっていった。俺は、怪しい笑みを見せる数学の先生の元へ。どっちかって言ってたし、一人で運べる量なんだろうな。そう思いながら、再び職員室内へ入る。しかし、俺のそんな予想は粉砕された。

抱えたら、前見えなくなりそう……。

「んじゃ、桐崎頼んだぞ」

「は、はい」

口角を引きつらせながら返事をすると、先生は満足げに頷《うなず》く。そして、先生の頭上の数字が40から42に上がった。なんか好感度上がってしまったんだが。美来は80から変わらずなのはなぜだろうか。さっきので上がってもいいかななんて思うんだけどな。

とにかく引き受けた以上はやりきらねば。プリントの山を慎重に抱え、足元に最大限の注意を払いながら、すり足で進んで行く。

さあ、最初の曲がり角だ。まずは人がいないことを確認だ。慎重に顔だけ覗《のぞ》かせると、後ろから声をかけられた。

「あ、あの……」

「はい」と返事をしながら、振り返る。すると驚くことに、そこには九条さんがいた。長い睫《まつ》毛《げ》に大きな瞳。それに吸い込まれそうな感覚に落ちるも、突然至近距離に現れた九条さんを前に、俺は豪快にプリントを投げ上げてしまった。

「ご、ごめんなさい」

「い、いや、大丈夫です。手が離れてしまっただけなので」

何故か敬語を発しながら、しゃがみこむ。そして、プリントをかき集めると、九条さんも一緒になって集めてくれた。集めている最中、チラッとその顔を盗み見てしまう。

全て集め終え、再びプリントを抱えると、九条さんがまたも俺に声をかける。

「あの、手伝います」

「い、いや大丈夫です！　これは俺の仕事なんで！　お気持ちだけ受け取ります！」

なんて綺麗《きれい》な声なんだ。心が洗い流されるようだ。って、大袈裟《おおげさ》だったかもしれない。

しかし、こう言葉を交えることができてしまうなんて。プリント運びを願い出て良かった。

そう過去の自分に感謝していると、九条さんの眉尻が下がった。

「ごめんなさい。迷惑かけてしまって」

「あ、えっと……」

やばい……。今確実に駄目な選択肢を選んだ気がする。ここは手伝ってもらって、教室までの道のりを楽しむが正解だったかもしれない。

「や、やっぱ手伝ってほしいなーなんて……？」

そう言って、チラッと目線だけを向けると、九条さんの表情がパーっと明るくなる。そして俺が抱えるプリントの束の半分を持ってくれた。

なんて優しい人なんだ。容姿も完璧、そして優しいだなんて本当に完璧というのはこの人の為《ため》にある言葉かもしれないな。

そして、二人並んでプリントを運んで行く。その道の途中、男子生徒達から只《ただ》ならぬ視線を浴びせられ続けた。中には、好感度が下がってしまった人も……。そうだった……九条さんは人気者だ。敵対視されてもおかしくない。

しかし、横の九条さんは気づいていないのか、口角を少し上げて機嫌良さそうにしている。そして刺さるような視線をなんとか潜《くぐ》り抜け、俺のクラスに着いた。九条さんと一緒に、教卓の上にプリントを置くとクラス内の視線が集まる。

美来は顎をガクガクと震わせ、世界の終わりでも見ているような表情をしていた。そんな中、春輝だけは俺に笑顔を向けてくれていた。なんか喜んでくれてるような。勝手な自己解釈だけど。

「九条さん、ありがとう。おかげで助かりました」

そう言って歯を見せると、九条さんは口角を上げて俯《うつむ》いた。少し頬が紅潮しているような？

「い、いえ。桐崎くんの役に立てて嬉《うれ》しいです」

「い、いや、そんな大袈裟な。……って、え？」

九条さん、なぜ俺の名前を知っている⁉　まさかこの子、学年の人達、みんなの名前を覚えているのか⁉

そんな驚きに狼狽《うろた》えながら固まっていると、九条さんはぺこりと頭を下げて、駆け足で教室を出て行ってしまった。すると、寄ってくるのがクラスの男子諸君だ。なぜ、一緒にいたのだと一連のことを根掘り葉掘り聞かれた。それに対して、声をかけられたと言えば、そんな嘘《うそ》はいらんと滅茶苦茶《めちゃくちゃ》バッシングを受けた。

そしてやっと解放された俺は机に額を付けて伸びる。さすが四天王となると、競争率が違う。次は集中したい数学なのに疲れてしまったとため息をつくと、美来と春輝がやってきた。すると、血相を変えた美来が俺の机に両手を勢い良くつく。

「あんた、何があったのよ⁉　ま、まさか九条さんに変な薬盛ってないでしょうね？」

「なわけないでしょ。昨日からそのネタ使いすぎだぞ。本当に話しかけてもらえたんだってば」

これしか言うことはない。しかし、美来もクラスメイト同様、信用していない表情を浮かべている。その横では、春輝が柔らかな笑みを浮かべていた。本当に、良い友人を持ったものよ。

「やったな、冬馬。あの感じだと、話しかけるチャンスはありそうだな」

「春輝だけだよ、そう言ってくれるのは」

「はは、俺は不思議に思ってはないよ。話したりするのに、四天王だとか関係ないだろ」

本当に、春輝は優しいな。鼻にかけない感じというか、人を対等に見ることができる目を持っている。しかし、その横にいる美来は相変わらず、信じられないといった顔をしている。

「ま、偶然よ偶然。あと、ちゃんとお礼言っておきなさいよ」

「もちろん」

言い方は荒いが、美来も応援してくれてるのかもしれない。美来の一言に答えると、春輝が頷く。

「今日の帰り際とかにでも、冬馬から声かけてみればいいんじゃないか」

「そ、そうだな。よ、よし！」

「はは、そう固くなんなよ。なんなら、ちょっとした協力はするぜ」

「頼むかも……」

そう自信なげに答えると、美来が大きなため息をついた。

「本当、春輝は冬馬に甘すぎ。ヘタレが加速するだけだよ」

「なっ……。俺だってお礼くらいできるぞ。見とけよな」

「はいはい。頑張ってね〜」

そう言って美来はヒラヒラと手を振りながら背を向けた。それに続くように春輝は笑顔を向けて、自席に戻っていった。

や、やってやる！　お礼を言うんだ！

い、言えるかなぁ……。不安になってきた。


そしてやってきた放課後。仕入れた情報によれば、九条さんは一年六組らしい。帰り支度を終えた俺は、緊張のあまり一旦トイレに逃げ込んでいた。

鏡に映る自分を見て思う。本当に話しかけていいのかと。そんな不安を取り払おうと、頬《ほお》を二回叩《たた》きキリッとした真面目な顔をしてみる。

よ、よし！　いくか！

深呼吸をし、一年六組へ向かう。教室前に着けば、そこには春輝がいた。そして、春樹の前には九条さんの姿が。

「よ、よお、春輝！　な、何してるんだ？」

「おぉ、冬馬か。ちょっとな」

俺の不自然な演技に、春輝はさらりと自然な返しをする。

そう、これは作戦だ。九条さんが帰ってしまう前に、春輝には先回りしてもらい、九条さんの足を止めてもらう。そして、春輝に話しかけるていで、九条さんにも話しかけるというヘタレな作戦なのだ。

春輝が爽やかイケメンスマイルを向けると、九条さんも俺の方を向く。しかし、バツが悪いのか、口を結んでいる。でも、頬が紅潮しているような。春輝のせいか。

「く、九条さん！　きょ、今日はプリント運んでくれてありがとう！　そ、それじゃ！」

そう言って俺は走り出した。ヘタレすぎ！　言いたいことだけ言って去るとか情けないとかいうレベルじゃないぞ。

やってしまったなと後悔しながら一年四組の教室に入る。すると、後ろから誰かが走ってくる足音が聞こえてきた。音につられるように振り返れば、九条さんの姿が。

「桐崎くん！」

「は、はい！」

スカートを強く握りしめながら、口を結ぶ九条さん。俺は何を言われるんだと、固唾《かたず》を飲んでいた。

「そ、その……ありがとう。ずっとお礼が言いたくて」

ん？　お礼？　俺、なんかしたっけ？

「え、えっと。お礼って？」

「あっ、ごめんなさい。その……受験の時、筆記用具貸してくれたことです」

受験……筆記用具……。うーんと絞り出すように記憶を探る。

あっ！　そうだわ。この学校の試験の時、隣の子にシャープと消しゴム貸したんだわ！

だが、ちょっと待て。確かあの時、隣の子は丸眼鏡でビチッと纏《まと》められた髪型の地味目な子だったような……。

「あ、あぁ、あれね。隣、九条さんだったっけ？」

「は、はい……。その、見た目全然違いますよね」

「そ、そうだね！　と、とりあえず受かって良かったね！」

ハッキリと思い出してきた。受験当日、試験の準備をしていると、隣の子が慌ただしく鞄《かばん》を探っていたんだ。顔は青ざめていて、只事《ただごと》ではなさそうだったな。話を聞けば、筆記用具を忘れてしまったとのことで。俺が持ってきたシャープペンと消しゴムを貸したんだっけ。

ちょっと待てよ。だから冬くらいからシャープペンと消しゴムが消えてたんか。スッキリ！

謎も解けたし、九条さんにお礼を言ってもらっちゃった！　そんな嬉しさに満たされていると九条さんは続ける。

「桐崎くんも受かって良かったです。桐崎くん、鉛筆と一欠片《ひとかけら》の消しゴムで頑張ってて、すごく心配だったので」

「あぁ、そこは大丈夫！　長年の相棒だからね！　使い慣れてるっていうか。ははは」

そう、おちゃらけて言うと、九条さんは小さく笑った。可愛《かわい》すぎる。

「ふふ、本当に良かった」

「だね！」

そう言って笑顔を向けると、九条さんはまたも口を結ぶ。そして、落ち着きのない様子でスカートを摑《つか》んだ。

「あ、あの……今日、一緒にプリント運んでた子って……」

「え？　あぁ、美来のことか。幼馴染《おさななじみ》だよ」

そう言うと、九条さんの表情が明るくなった。

「そうなんですね。良かった」

「良かった？」

「あ、いえ!!　その良かったらその……私とも友達になってほしい……です」

そう言って上目遣いをする九条さん。と、友達！　あの九条さんと友達だと!?　俺の脳内にお花畑が広がった。真っ赤なお花だ！

「も、勿論《もちろん》！　というか、俺の方からお願いします！」

あまりの嬉しさに深々と頭を下げてしまった。顔だけヒョコっと上げれば、口角を上げた九条さんがモゾモゾと体を動かしていた。

「そ、それじゃまた明日」

「う、うん！　また明日！」

そう言って手を挙げれば、九条さんは手を小さく振って教室を出ていった。

九条さんの姿が見えなくなっても、廊下側をぼーっと見つめてしまう。余韻に浸るというか、これは現実なのかと、自分に問いかけていた。すると、春輝が教室に入ってきた。

「やったな、冬馬」

「お、おう！　って、聞いてた？」

「すまんな。しかし、受験の時に会ってるなんてな。面白いこともあるもんだ」

「そこなんだよね。まさか九条さんだったとは」

顎に手を添えて感慨深げに言うと、春輝はクスリと小さく笑った。

「何はともあれ、友達になれたし話しかけやすくなったな」

「俺から話しかけてもいいんだよな？」

「当たり前だろ？　自信持てよ」

そう言って春輝は優しく微笑《ほほえ》んでくれた。本当に美来の言う通り、春輝は俺に甘いのかもな。欲しい言葉を言ってくれる。

「春輝、その……ありがと」

ちょっと照れ臭かった。後頭部をかきながらそう言うと、春輝は優しく微笑む。

「気にするな。俺にできることなら、何でも言ってくれ」

「あはは。なんていうかさ、美来じゃないけど、春輝は優しすぎるよ」

「そんなことないと思うよ。俺からすれば冬馬の方が優しいと思うよ」

「え？　そんなことないと思うけど」

と、春輝の言葉に不思議な感覚を覚えていると、春輝は少し遠い目をした。

「なあ、冬馬。覚えてるか？　小さい頃の俺は、運動が苦手だったの」

「あー、そうだったね」

今でこそ、春輝はスポーツ万能で、体育の授業でも活躍するくらいなんだが、昔は体が弱くて運動が苦手だったんだよな。運動会でも、よくビリになってたのを思い出した。

俺が相槌《あいづち》を打つと、春輝はちょっとぎこちない笑みを浮かべながら続ける。

「ドッジボールはすぐに当てられるし、投げる球も弱くてさ。鬼ごっこなんかは、誰にも追いつけずに、よく泣いてた」

「そうだったな。でも、今はスポーツ得意になったよな！　こう、なんて言うか、能力の覚醒？　みたいなやつかな！」

そう半分おちゃらけて言うと、春輝は優しい笑みを浮かべながら首を横に振る。

「これも全部、冬馬のおかげなんだ」

「え？」

俺のおかげ？　俺と春輝が運動できるようになったことに、どんな関係があるんだ？

「はは、覚えてないか。俺からすれば、冬馬は本当にヒーローだったんだぜ？　俺がいると、ドッジボールも鬼ごっこもつまらなくなるって言って、みんなが俺を仲間外れにする中、冬馬だけは手を取ってくれた。ドッジボールじゃ取った球を俺に譲ってくれたり、鬼ごっこの時は、わざと捕まってくれて鬼になってくれたり。本当、すげぇ、嬉《うれ》しかった」

春輝はそう言って、照れ臭そうに笑った。なんというか、俺まで照れ臭くなってくる。

「そんなの、普通だろ。みんなで楽しめないものを、俺は遊びだなんて思いたくないし」

「それでも俺にとっては特別だったんだよ。だからさ、あの時決めたんだ。俺も冬馬みたいな人を目指そうって。それから習い事をいっぱいした。水泳と柔術、それにバスケ。だから今は、それなりにやれてる」

そういえば、いつからか春輝は習い事があるって言って、遊べる時間が減った時があったな。

「そっか。んまあ、俺からすれば、春輝の方がヒーローみたいな感じだけどね。一番憧れてるっていうかな」

そう言ってしまった後に思う。滅茶苦茶《めちゃくちゃ》恥ずかしい。だけど、春輝は真面目な顔して聞いてくれていた。そして、「ありがとう」と言うと、目を逸《そ》らしながら鼻の下を擦《こす》る。

「冬馬、今度は俺の番だ。いっぱい頼ってほしい。手助けできることがあるなら、何でも言ってほしいんだ」

「おう！」

俺は恥ずかしさを隠すように、歯を見せながらサムズアップした。美来が言っていた、春輝は俺に甘いっていうのも、こういうことだったんだな。

それからお互い照れ笑いを浮かべて、一緒に歩きだす。昇降口に出れば、美来が下駄箱《げたばこ》に背を預けて待っていた。

「よっ！　美来ー」

「うわっ、うざっ」

俺が勢いよく手を挙げれば、美来が蔑みの眼差《まなざ》しを向けてくる。そして、ため息をつきながら質問を投げてきた。

「で、作戦は上手《うま》くいったの？」

「それがよぉ～」

作戦は予想以上の成果。九条さんと友達になれたことを伝えると、美来は「へえー」と
あまり驚きのない反応を見せた。

「なんだ、昼みたいな反応しないんだな」

「まあね。さっきここで九条さん見たし。もーすんごいニンマリしながら走ってったよ。

あんな子だっけ？　ってなったし」

「はあ？　見間違いだろ。九条さんはな、お淑《しと》やかで、笑顔も上品で……なはず」

最後は自信なげに言うと、美来が大きなため息をついた。

「あんた、九条さん知ったの昨日でしょ？　知ったかとか馬鹿じゃないの？」

「す、すまん」

美来のど正論に項垂《うなだ》れると、春輝が可笑《おか》しそうに笑う。

「はは、確かに今のは調子乗ったな。舞い上がるのもいいけど。な？」

「すんません」

二人に言われ反省する俺は、肩を落としながら帰路についた。三人で歩く帰り道。やっ

ぱり誰かと一緒に帰れるっていうのは嬉しいな。幼い頃から、変わらないこの感覚。体だけが大きくなったようなそんな気分だ。

美来は態度も大きくなったがな。

もし……もしも九条さんとの仲が深まったら四人で帰ったりできるのかな。できるといいな。そしたらもっと賑《にぎ》やかになるだろうし。

そんなことを考えながら、楽しそうに話をする美来と春輝を見るのであった。

九条さんに友達認定してもらった次の日。俺は、朝からソワソワしていた。

友達かー。遊んだりできるのかな？　いや、それはまだ早いか。いや、しかし友達に早いとか遅いとかあるのか？　あるかもしれない。

頭を抱え、机に額をぶつけると、お節介系女子の美来がやってきた。

「さっきから、うっさい！　ゴンゴン打ち付けて、アホじゃないの？」

眉をつり上げ、目を細める美来。俺の奇行のせいか好感度が１下がってしまった。

「す、すまん。無意識に……」

すると、美来は理解不能とでも言いたいのか、額に指を当てて首を横に振った。

「どうせ、九条さんでしょ？　迷ってないで話しかければいいじゃん」

「そうしたい！　そうしたいんだが、勇気が出なくてなー。朝、声かけてみようと思ってもやっぱ、昼にしようかななんて思えてさ」

「そうやって先送りしてると、いつの間にか声かけづらくなるよ？　それに九条さんも、そんな期待とかしてないでしょ？」

「ぐぬぬ。確かにな」

美来は痛いとこ突いてくるなー。しかし正しいと思う。九条さんからすれば、一男子から話しかけられる程度だろうしな。

「よし！　んじゃ昼行くわ！」

「結局、昼ですか。あー、それじゃあさ私も一緒に行くよ。私も仲良くなりたいし」

「おお！　そうだな。行こう！」

いつか四人で遊んだりしたいと思う俺には好都合だ。まあ、美来は俺以外には優しいし、仲良くなれるだろう。

目をギラつかせながら、前のめりになると、美来が呆《あき》れた顔をする。

「言っとくけど、手助けはしないからね」

「勿論！　そうだ、春輝も連れてこう！　みんなで仲良くなれれば最高だしな！」

「えっ……あーそうだね。春輝もね。うん……」

俺の提案に、美来はなぜかバツが悪そうな態度を見せる。春輝だけ仲間外れだなんて、よくないだろ。

と、美来の態度に疑問を浮かべていると、美来は「そ、それじゃ昼ね」と言って足早に去っていった。その去り際、美来の好感度が79から78に下がってしまった。

おかしなやつ。何か気に障ったのだろうか。

そして、とうとう昼がやってきた。心臓さんがいつもと違う動きをしている気がする。逸《はや》る気持ちを抑え、取《と》り敢《あ》えずお昼ご飯を食べ始めた。

そしてお昼を食べ終えたわけだが、まだモグモグと口を動かしている美来と春輝。こういう時って、異様にその動作が遅く感じられてしまう。急《せ》かしたいけど、それは違うと一人ソワソワしていた。

会ったら何話そうかな。いや、まずは第一声、どうしようか。おはよう？　いや、昼だし、こんにちはか。いや、それもおかしいか。

顎に手を添えて一人唸《うな》っていると、美来が俺の机をトントンと軽く叩《たた》いた。

「ほら、何ぼけっとしてんの。行くよ」

「え？　おお！」

こうして、昼ご飯を終えた俺たちは一年六組へ。教室内を覗《のぞ》くと、九条さんはお友達と一緒に食後の談笑をしていた。

ヤバイ……。あの集団に割って入らなきゃいけないのか。考えてなかった。

相変わらずヘタレな俺は、教室入り口で逡巡《しゅんじゅん》してしまう。すると、春輝も教室を覗き込んだ。その瞬間、教室内の女子の視線が一斉にこちらへ飛んできた。勿論《もちろん》、春輝にだが。

あの人たち、センサでも付いているのか？　と異様な光景に呆れていると、九条さんと目が合った。反射的に軽く手を挙げると、九条さんは優しく微笑んで席を立った。

「どうしたの？」

ご機嫌な様子の九条さんが、問いかけてくる。

「いや、特に用事というか、そういうのは……。あっ、そうそう美来と春輝を紹介しようと思って！」

そう言うと、美来と春輝が九条さんに挨拶がわりの笑顔を向ける。

「私は浅宮美来。冬馬と春輝とは幼稚園からの仲なの。よろしくね。あっ、冬馬になんかされたら、直《す》ぐに報告してよね。しっかり、灸《きゅう》を据えておくから」

美来のやつ、なんてことを言うんだ。キッと睨《にら》んでみるが無視されてしまった。すると美来の自己紹介に対して、九条さんは優しい声音で「お願いします」と返事をした。

どっちの意味のお願いしますなんだ……。すると、次は春輝が自己紹介をする。

「俺は七瀬春輝。昨日も話したけどね。よろしくな」

そう言って爽やかな笑みを浮かべる春輝。九条さんも笑顔を返して、自己紹介タイムが終わった。この一連の流れで、ものの一分と言ったところか。もう用事はない。ここにいたいけど、いる理由がない。気まずくなってしまった俺は、「それじゃ」と言って自分の教室に戻ろうとした。すると、

「き、桐崎くん！」

「はいっ！」

緊迫感のある声で呼び止められた。振り向けば、九条さんが俺をまっすぐ見ている。

「あ、あの、桐崎くんは LaIN やってますか？」

「え？　あぁ、やってるよ」

LaIN とはトークアプリで、スマートフォンを持っている人なら大概インストールしている。

「その、良かったらＩＤ教えてください！」

九条さんはそう言い切ると、両手で持ったスマートフォンを前に突き出してきた。その一生のお願い並みの鬼気迫る様子に、狼狽《うろた》えてしまう。

「も、勿論！　その、お願いしますっ！」

そういう俺もあまりの嬉しさに、深々と頭を下げてしまう。ゆっくりと頭を上げると、口角を上げた九条さんが、登録用の二次元コード画面を出してスタンバッていた。

これは現実なのか⁉　俺は震える手でスマートフォンを操作し、二次元コードを読み取る。すると、画面に九条桃華という名前と、九条さんの写真アイコンが出てきた。

友達と一緒に楽しそうに笑ってる写真。これはどこの観光地だろうか。そんなことを考えていると、九条さんが俺に声をかける。

「あ、あの、簡単なメッセージ貰《もら》えますか？」

「う、うん！　送るね！」

九条さんとのトークルームを開き考える。何を送ろうか。そう悩んだ末、苦し紛れに【おはよう】スタンプを送った。すると九条さんは、俺のアカウントの登録作業をし始めた。

「桐崎くんたち、本当に仲いいんだね」

そう言って笑顔を向ける九条さん。きっと俺の写真アイコンについてだろう。

俺は「まあね」と答えてスマートフォンをポケットにしまった。

「そ、それじゃ戻るね。後で美来と春輝の連絡先も送るよ」

「よろしくお願いします」

そう言って九条さんが軽く頭を下げた。連絡先の交換ができて嬉《うれ》しい。けど、気になる点が一つ。

「あ、あのさ。俺達タメなわけだし、その……敬語はっていうか、あはは」

ハッキリモノを言え。そう自分に言ってやりたいと考えていると、九条さんが可笑しそうに笑う。

「ふふ、そうだよね。うん！　それじゃ、改めてよろしくね」

「うん！　よろしくお願いしまっす！」

そう声を張ると、九条さんはまた可笑しそうに笑ってくれた。

「ふふ、早速敬語になってる」

「あはは。そ、それじゃ戻るね。また！」

「うん！」

教室までの帰り道。嬉しさのあまり、頬《ほお》が緩んでしまう。すると、横にいる美来が悪戯《いたずら》っぽい笑顔を向けてきた。

「まー、見せつけちゃってくれるね。痒《かゆ》くなりそうだったよ」

「なっ、別に普通だったろ！」

俺がムキになって答えると、春輝が笑いだす。

「あはは。でも美来の言うことは分かるよ。あんな冬馬見たの初めてだし、見ててこそばゆかったよ」

「春輝まで言うのか。やめてくれよな」

本当に恥ずかしい。たかが、連絡先の交換でここまで言われるなんてな。しかし、九条さんの連絡先を手に入れてしまった。これは本格的にヤバイやつ。

それから教室に戻った俺は、九条さんの連絡先を美来と春輝に展開した。いつかはグループトークとかしたいよな。

そんな妄想を抱きながら、迎えた午後の授業。勿論、上の空で集中できなかった。

その日の夜。俺はずっとスマートフォンと睨めっこをしていた。夕ご飯を食べている時も、つい気になってしまったり、風呂もいつもより早く上がってしまったりと気が気じゃなかった。

ベッドに寝転がりながら LaIN の画面を眺める。

連絡してみたいなー。キモいかな？　それに何話すんだよ。特に用もないしな。

トークルームを開いて、既読の付いたスタンプを眺める。

九条さんから連絡きたりしないかな？　いやいや、それはないだろ。はぁ……。

何一つ落ち込む要素はないはずなのに、気分が落ちてしまった。連絡先という接点を持った分、繋《つな》がりがないと心が苦しくなってしまう。

いかんいかん！　気にしてもしょうがない！　何かあったときのための連絡先なんだ。それに友達とは言った手前、まだそこまで親しくないし。ゆっくり構えてれば良いんだよ。

そう言い聞かせ、今日は寝た。無理矢理《むりやり》寝た。


そして次の日の朝。ホームルームまでの時間をのんびりと過ごしていると、美来がやってきた。好感度はなぜか80に戻っていた。

「よっ、冬馬！　スマホ出してみ？」

「え？　あぁ」

言われるがまま、ポケットからスマートフォンを取り出す。すると、美来が俺のスマートフォンをひったくった。

「お、おい！　何すんだよ」

そう声を張ってみるが、美来は無視して俺のスマートフォンを操作する。

なんで俺のパスコードを知っているんだ。

ま、いいやと諦める。すると、美来が目を見開いて、こっちを見てきた。

「ちょっと、何も話してないの？」

「何が？」

「LaIN よ、LaIN！」

そう言って美来が LaIN のトーク画面を向けてくる。

「いや、話すも何も、用事とかないし」

「はあ？　用事とか、んなことはいいのよ。何でもないこと送ってみたりしなさいよ」

「いやいや、それはキモくない？」

「馬鹿ね。気の利いたこと言おうとか、そうやってカッコつけてると話す機会なくなるよ？　昨日も言ったでしょ？　まずは会話する習慣を作るの！　下手くそな挨拶でも何でもいいから」

「あ、挨拶か。ハードル高いな」

「別にいいじゃない。話せただけでも奇跡みたいなもんだし。LaIN で失敗してもお釣りがくるわよ」

「だな。よしっ！　なんかできそうな気がする！」

「そ、当たって砕けちまえばいいの。じゃね」

そう言って美来は去っていった。相変わらず言葉はキツイけど、俺のことを考えてくれてるな。やっぱり、美来の存在はありがたい。

美来のエールを胸に、俺は LaIN を開く。そして九条さんとのトークルームを開いた。

な、なにを送ろうか。下手くそな挨拶でもいいと言われてもな。んー。

そう唸《うな》っていると、今度は春輝がやってきた。隣の席に座ると、優しく微笑《ほほえ》んでくれる。

「どした？　さっき美来にすごい言われてたけど」

「いやー、九条さんに LaIN しようと思ってさ。なに送ろうかなーって」

「なるほどな。まあ、初めは昨日のこととかでいいんじゃない？　そっから話が広がれば、引き出しも多くなるよ」

「よ、よし！　やってみる！」

早速文字を打ち込む。そして、何度も文を読み返し、震える指で送信ボタンを押した。

【おはよう！　昨日は、連絡先交換してくれてありがとう。これから、よろしくね】

送った後にも何度も読み返してしまう。変じゃないよね？　おかしくないよね？

あまりの不安に、春輝の顔を見てしまう。すると、春輝は可笑《おか》しそうに笑った。

「ははは、冬馬落ち着けって。大丈夫だって」

「うぅ……。初めてなんだぞ。女子との LaIN」

「美来は？」

「ノーカウントだ！」

するとLaINの通知音が鳴った。食いつくように開くと、九条さんから返信が来ていた。

【桐崎くん、おはよ！　こちらこそありがとう！　それと、よろしくね】

このメッセージである。そして、赤面したウサギがピョンっと跳ねるスタンプが送られてきた。

可愛《かわい》い。可愛すぎる！

嬉しさのあまり、腕に顔を埋《うず》める。すると、肩に優しく手が置かれた。

「やったな冬馬。頑張れよ」

「お、おうっ！」

そう言ってビシッとサムズアップすると、春輝は微笑んでくれた。そして席を立つと、どこかに行ってしまった。

そ、そうだ。返信をしてみよう。挨拶の後は何て返せば……。いかん、深く考えるな！

カッコつけてもしょうがないだろ。

【今日のお昼、また話しに行ってもいいかな？】

っと。どうかな？　ガッつきすぎたか⁉

緊張で口の中がカラカラになる。高鳴る胸を抑えようと深呼吸をすると返信がきた。

【うん！　桐崎くんって浅宮さんと七瀬くんとお昼食べてるよね？】

【うん。そうだよ】

【だよね！　私も一緒に食べてもいいかな？】

なん……だと!?　九条さんからお誘いが来るとは、一ミリも予想してなかった。

目を見開き、もう一度読み返してみる。確かにお昼を共にしようと書いてある。

あっ、それよりも返信しなくては。

【大歓迎だよ。美来と春輝にも伝えとくね】

送信。すると、九条さんから、赤面したウサギがのたうち回るスタンプが送られてきた。

それに既読を付けた俺は勢いよく立ち上がる。勿論《もちろん》行く先は、美来と春輝の元。

「聞いてくれ！　九条さんがお昼ご飯を一緒に食べようと言ってくれたぞ！」

前のめりになってそう言うと、美来は「ふーん」と興味なさそうに言う。

「良かったじゃん。それじゃ今日から私と春輝でってことになるねー」

そう言って春輝に笑顔を向ける美来。しかし、美来も早計だな。

「いや、俺たち四人でってことなんだけど」

「あっ、そういうこと」

またも美来は他人事《ひとごと》のように言う。その横では、春輝が一息ついていた。

しかし、順調に俺の夢である、【四人で仲良しになる】に一歩近づいたな。


そんな嬉しさのあまり、授業も身が入る。そして迎えた昼休憩。九条さんがこの教室にやってくるということで、俺は鬼の速さで購買に出かけた。

帰りもダッシュで戻ってくると、うちのクラスはヤケにざわついていた。入り口から顔を覗《のぞ》かせると、俺の席の周りに男子が集まっている。

「く、九条さん、お昼？　ここの席座っていいかな？」

「バカか！　この席は俺のだ」

言い争う男子の声。すると、昔から聞いてきた女子の声が飛んでくる。

「うっさい！　九条さん困ってるでしょ？　それに、そこは冬馬の席でしょうが」

美来のやつ、俺以外にもそんな口の利き方するとは。取り敢《とあ》えず、俺が行った方が良さそうだ。

群がる男子を優しく退けて、自分の机にパンと飲み物を置く。そして、一言。

「悪い。今日は四人で食べるっていう約束なんだわ。定員オーバーだ」

カッコつけて言ってみたが、効果はなし。むしろ、男子諸君の怒りを買ってしまったようで、敵意の眼差《まなざ》しが浴びせられた。その頭上の好感度がみるみる下がっていく。

なんで一気に10も下がるんだ。プリント運んで2しか上がらなかったんだぞ。

そう狼狽《うろた》えていると、春輝と美来が立ち上がった。校内トップを誇るイケメンと、校内トップの狂犬（俺調べ）の只《ただ》ならぬ威圧感に、男子たちは目を逸《そ》らし、散っていった。

「ふぅ、助かったよー」

安堵《あんど》のため息をつくと、美来が呆《あき》れたようにため息をつく。

「本当、頼りないわね」

「あはは……ごめんごめん」

そう言って後頭部をかくと、九条さんはクスリと小さく笑った。そして、やっと始まったお昼ご飯。すると、美来が九条さんに話しかける。

「あのさ、二人から聞いたんだけど、受験の時、冬馬に筆記用具貸してもらったんだって？」

「うん。それについてお礼がしたかったんだけど、中々話しかけられなくて」

モゾモゾと体を揺らしながら言う九条さん。何故《なぜ》か照れているような雰囲気だ。俺が不思議に思っていると、美来は豪快に笑いだす。

「あはは、迷うことないのに。冬馬だよ？　冬馬！」

「おい、俺なら何したっていいみたいなのやめろよな」

反射的にツッコむと、九条さんは口を結んで俯《うつむ》いてしまった。そして、小さな声で話しだす。

「そ、その……。それで桐崎くんに、お礼を持ってきたの」

「お礼？」

「うん。これなんだけど」

そう言って九条さんは小さな紙袋を出した。そしてそれを俺の方に差し出す。

「えっ!? そ、そんな気遣わなくていいのに！」

「も、貰《もら》ってほしいの」

何故か頬が紅潮している九条さん。横の美来と春輝は、意地の悪そうな笑みを浮かべていた。

「そ、それじゃ頂きます！」

またも敬語が出てしまった。紙袋を受け取り、包装を丁寧に剝《は》がすと、中からシャープペンシルと消しゴムが出てきた。しかも良いやつ。

「えっ、これくれるの？」

俺がそう聞くと、九条さんは力強く二回頷《うなず》いた。すると、美来が何かを思い出したかのような顔をする。

「そういえば、冬馬から貸してもらったシャープとかは？」

その問いに九条さんは、目を泳がせる。なんか、すごい動揺しているような。

「あー、別に良いよ。あげるつもりで貸したし。九条さん、気にしなくて良いよ」

そう言って笑顔を向けると、九条さんはまたも力強く何度も頷いた。

しかし、お礼か！　最高だな！

こうして、人生最大にして最高のお昼休みを終えたのであった。

第2章 如月結衣

九条《くじょう》さんにシャープペンと消しゴムを貰ってから、俺のスクールライフは劇的に変わった！　気がする。まず、ノートを取るのが楽しい。これは学生として、かなりいいことのはず。

更にだ。廊下で九条さんとすれ違えば、挨拶もするようになってしまった。それに、毎日とはいかないが、お昼も一緒に食べたりするようになり、九条さんとの仲は確実に進んでいる気がした。

そんなある日。廊下を歩いていると、突然数メートル先にいる一人の女子に睨《にら》まれた。背は低く、亜麻色のサイドテールが特徴の女子。ふと頭上の好感度を見れば、マイナス50。ま、マイナス!?　最低値は0じゃないのか!?　それより、何故そんなに嫌われている……。

と、狼狽《ろうばい》していると、その女子の元に、他の女子がやってきた。すると、先程まで殺意すら感じられるほどの目をしていた女子の表情が柔らかくなる。

「結衣《ゆい》ちゃん！　次、移動教室だよ？　どしたの？」

「ううん。なんでもないの。ちょっとネズミがうろついてたからね」

そう言ってまたこちらを睨んできた結衣と呼ばれた女子。明らかに俺のことを言っているような……。待て、俺はあの子のこと知らないぞ。そこまで睨まれるような覚えはないぞ！

身に覚えがないことほど怖いものはない。俺は逃げるようにその場を去った。

教室に戻って自席に着く。そして、先程のことを思い出す。美来《みく》より怖い女子がいるとはな。何をしたか分からないが、謝った方がいいかもしれない。誤解なら早く解かないと。

そんな不安を抱いたまま迎えた昼休憩。購買に向かおうと廊下に出ると、九条さんがいた。安定の好感度１００に謎の安心を覚える。

「桐崎《きりさき》くん、購買？」

「え！　うん、そうだよ」

「そうなんだ。私も行こっかな」

そう言って九条さんは歯を見せた。その可愛すぎる笑顔に胸が高鳴ってしまう。頑張れ、俺。勇気を出すんだ！

「そ、それじゃさ、一緒に行こうよ」

恥ずかしさのあまり、顔を下に向けながら言ってしまった。少し目線を上げてみると、九条さんは目を伏せて小さく頷いた。

二人並んで歩く廊下。緊張で何話していいか分からない。チラッと目線だけを向ければ、九条さんも目線だけを俺に向けていた。目が合えば、微笑む九条さん。

優しいな。気まずい思いしてないかな。俺が頑張らなくちゃ駄目だろ。

「九条さん！」

「は、はいっ！」

「その……好きな食べ物とかある？」

よりによって、何で好きな食べ物の話題なんだ。それに〝とか〟ってなんだよ。前のめりになってそう聞くと、九条さんは驚いたのか引いてるのか、強張《こわば》った表情をする。

「え、えっと、最近はソフトクリーム、がマイブームなの」

「そ、そっか！　ソフトクリーム、俺も好きだよ！」

また前のめりになって言うと、九条さんは頬《ほお》を染めて口を結んだ。そして、サッと目を逸らして俯くと、モジモジと体を揺らし始めた。

「あ、あのね。最近、近くにソフトクリームの移動販売車が来てるの。その……よ、良かったら、一緒に行きませんかっ！」

「はっ、はいっ！　行きます！」

前のめりになって言う九条さん。それに食いつくように俺も前のめりになってしまった。

すると、九条さんが満面の笑みを見せる。

「そ、それじゃ放課後行こっ」

「い、行きましょーっ！」

なんと放課後の約束をしてしまった。それに浮かれに浮かれてしまった俺は、購買で普段なら絶対買わないパンを買ってしまった。

そして、いつのまにか教室前まで戻って来ていた。九条さんと一緒に教室を覗くと、また何時《いつ》ぞやみたいに俺の席周りに人が集まっていた。

「き、如月《きさらぎ》さん！　どうしたの？」

「良かったら、お昼一緒にどう？」

如月さん？　聞いたことあるようなないような。と小首を傾《かし》げていると、横の九条さんが人集《だか》りに向かって走りだした。

「結衣ちゃん、どうしたの？」

ゆ、結衣？　どこかで聞いたことあるような……。あっ！　もしかして、好感度マイナス50の!?

蘇《よみがえ》る恐怖。思わず一歩後ずさりする。すると、集団の中から、背の低い女子が出てきた。亜麻色のサイドテールに、つり目。そして好感度はマイナス50。やはり、あの人だ！

九条さんが話しかけると、顔を真っ赤に染めて、モジモジとしだす如月結衣さん。しかし俺と目が合うと、途端に眉間にしわを寄せて睨んできた。そして、こっちに歩いてきた。

「あんた、桃華《ももか》にまとわりつくのやめなさいよ」

ドスの利いた声。なんか、ドス黒いオーラをまとっているような……。思わず、口角が引きつってしまう。返す言葉も発せずにいると、九条さんが駆け寄ってきた。

「あれ？　結衣ちゃんと桐崎くんって知り合い？」

「ううん。ただ最近、桃華とよくいるなーと思って。挨拶をしとかないとね」

そう言って、文字通り邪気のない笑顔を九条さんに向ける如月結衣さん。そしてまたこちらを向くと、目ん玉ひん剝《む》いて睨んできた。

「それじゃ、よろしくね。桐崎くん？」

「ヒッ……」

そう言い残して、如月結衣さんは教室を出て行った。

な、なにがよろしくなんだ……。

どでかい釘《くぎ》を刺された気がする。痛みはないはずの胸を押さえながら廊下を見つめる。

すると、九条さんが俺の方を向いた。

「結衣ちゃん、わざわざ挨拶に来るなんて本当にしっかりしてるなー」

「そ、そうだね」

まだ、口角が引きつっている。強張った表情でそう返すと、九条さんは俺の席の方へ歩いていった。すると今度は、クラスで割と親しい友人、五美《いつみ》が寄ってきた。

「お、おい。お前、結衣ちゃんとも知り合いかよ」

「〝も〟ってなんだよ？」

俺がそう問うと、五美は呆《あき》れたようにため息をつく。

「本当、お前男か？　如月結衣ちゃんも四天王《してんのう》の一人だぞ？」

四天王!?　だから聞いたことのある名前だったのか。確かに容姿レベルはかなり高い。

だが、それを打ち消すほどの恐怖感が俺には植えつけられている。

「そ、そうだったな。いやーすまんすまん」

適当に返事すると、五美は嘆息する。

「ったく。いいか？　九条桃華ちゃん、如月結衣ちゃん、神代楓《かみしろかえで》ちゃん、雪村希《ゆきむらのぞみ》ちゃんの四人で四天王だ。覚えとけよ？」

「はいはい」

そう言って自席に戻る。四天王だか何だか知らないけど、あそこまで睨みを利かされると、可愛《かわい》いだとかの感情が湧かないな。

しかし、九条さんにまとわりつくなってなんだよ。俺は仲良くなろうとすることも許されないのか。ちょっと悲しくなる。

ため息をつきながら、パンの包装を破る。しかし、なんだこのパンは。なぜ買ってしまったのだ。嫌々口に運んでいると、美来が喋《しゃべ》りだす。

「いやー、本当うちの男子って、なんでこうも欲望剝《む》き出しなのかな」

そう言って呆れながらため息をつく美来。その横で、春輝《はるき》は乾いた笑いを浮かべていた。

確かに美来の言う通りかもしれない。砂糖に群がる蟻《あり》っていうのがピンと来る。と、そんなことより、放課後のことだ。二人を誘おう。

「あのさ、今日の放課後なんだけど、二人空いてる？」

俺がそう聞くと、九条さんはハッとした顔をこちらに向けてきた。すると、美来がニヤリと口角を上げる。

「あー、確か今日、委員会があったような。んー、今日は無理かな」

　すると、春輝も頷《うなず》く。

「悪い、今日は用事がある」

「そっか」

　残念だな。放課後に四人で遊ぶっていう夢が叶《かな》うと思ったのだが、用事なら仕方がない。

と、なると……俺と九条さんの二人で行くのか？　えっ、二人⁉

　そこに気づいてしまった瞬間、心臓が高鳴る。いや、二人が行かないなら、また今度って可能性もなきにしもあらず。

「く、九条さん、放課後のことなんだけど、俺だけになりそうだけど、大丈夫そう？」

　つっかえながら聞いてしまう。拒否られたら、凹《へこ》んじゃいそう。だが、それは杞憂《きゆう》だった。九条さんは口を結んでコクリと小さく頷いた。

「うん、大丈夫」

　ふ、二人でもいいのか！　いや、二人だからこそ、気を引き締めなければならないぞ。

九条さんに嫌な思いをさせないようにせねばならん。頑張らなくちゃ……。

とうとう放課後がやってきた。九条さんが教室まで迎えにきてくれるということで、俺は一人静かに席に座っていた。そんな俺に対して、美来と春輝はニヤニヤとした含みのある笑みを向け、先に教室を出て行った。

あー、すごい緊張する。

教室に残ってる人数は半分くらいだろうか。チラチラと忙《せわ》しなく廊下を見てしまう。まだかなと考えていると、九条さんがやってきた。

「桐崎くん！」

名前を呼ばれ、俺は勢い良く席から立ち上がる。そして、九条さんの元へ駆けていった。

俺の目を捉えている九条さんの大きな目。そして、白くて潤いのありそうな肌に見惚《みほ》れてしまう。と、ボーッとしていると、九条さんは不思議そうな顔をした。

「大丈夫？」

「え？　おー、おう！　よし、じゃあ行こっか！」

「うん！」

満面の笑みを浮かべる九条さん。俺もつられて笑顔になってしまう。この笑顔を絶やさない。これが今日のミッションだ。

とは言ったものの、早速無言のまま廊下を歩いていく。普段、友達と話す時は、何も考えなくても話題が浮かんでくるのに、こういう時って、マジで何も浮かばない。

ヤバイヤバイ。そう焦っていると九条さんが口を開く。

「二人だと、緊張しちゃうね」

そう言って、照れたような笑みを向ける九条さん。緊張しているのは、俺だけじゃなかったんだな。その緊張は俺が解かないとダメだろ。

「うん。俺もすごい緊張してる。あっ、でも変に気を遣わなくていいから！　歩いてるだけで楽しいというか！」

必死になって言うと、九条さんは可笑《おか》しそうに笑ってくれた。これで少しは気まずさもなくなるといいんだけど。

その後もたいした会話もできずに、学校を後にした俺と九条さん。そこからは九条さんの案内でソフトクリームの移動販売車がいる場所へ向かった。

五分くらいだろうか。しばらく歩くと九条さんが前方を指差した。その先を見てみると、カラフルな旗と看板で存在感をアピールしている移動販売車があった。

車の前には、白いテーブルが二つ設置されていて、その場で食べることもできそうだった。

早速、店員のお姉さんに注文をしようとメニューを見てみる。簡単に決めようかなと思っていたが、やけに色んな味が用意されていた。

「へぇー色々あるなあ。俺はバニラかな。バニラ一つお願いします」

超無難な味を選択。すると、九条さんも注文をする。

「キャラメルナッツをお願いします」

注文を終えてお金を払うと、店員さんがソフトクリームを作り出す。慣れた手つきで作るその姿は、さすがはプロだなと思ってしまう。

そして、できたソフトクリームを受け取った俺と九条さんは、近くの席に座った。

では、早速一口。んっ！　美味《うま》い！　このミルク感が濃厚な味と、バニラの香り。好きなんだよなー。それに冷たくて気持ちいい。

そんな感じで味に感動していると、九条さんも幸せそうな顔をしていた。

「いやー、美味《おい》しいね。九条さんがオススメするのも分かるよ」

「ふふ、嬉《うれ》しい。桐崎くんにも気に入ってもらえて良かった」

楽しそうに笑う九条さん。可愛いな。なんか、デートみたいだ。そう思うと心臓が高鳴ってきた。心の中で思いが膨らんで、溢《あふ》れ出しそう。

九条さん、好きだ。そんな思いをさらけ出したくなった。

「く、九条さん！」

背筋を伸ばして、拳を両膝に置いてしまう。

「どうしたの？」

俺の言い方が固いせいか、九条さんは不思議そうな表情を浮かべる。

「その……なんて言うか……。す、好……」

口が〝す〟の形から動かない。まるで、魔法にかかったかのように。

なんだか、頭がクラクラしてきた。汗も出てきたような気がする。勇気を出すんだ！

大きく息を吸い込んだ。そして、言葉を発しようとしたその時。

「桃華ーっ！」

大声のした方に顔が向く。なんとそこには、鬼の形相をした如月さんが、猛ダッシュでこちらに向かってくる姿があった。

そして、俺たちの元に来ると、肩で息をしながら喋り始める。

「な、何してんのよ。あ、あんた、も、桃華に何したのよ。はぁ……はぁ……」

瞳孔が開ききっているような……。ヤバイ殺されそう。ふと目線を上げれば、如月さんの好感度がマイナス70に達していた。いや、九条さんと一緒にいるだけで嫌われるって、どういうことだよ。

「な、なにもしてないよ！　ソフトクリーム食べにきただけ！」

「何もしてないのに、食べにこられるわけないでしょっ！」

「えぇ……」

なんかよく分からない理不尽な言い分に、返す言葉も見つからない。すると、慌てふためいた様子の九条さんが、立ち上がる。

「ゆ、結衣ちゃん、どうしたの⁉」

「桃華、気をつけた方がいいわ。このケダモノに何されるか分からないわ！」

いや、ケダモノって……。なんでそこまで言われなきゃいけないんだ。というか、如月さんは俺の何を知っているんだ？

言われてばかりだと、流石《さすが》に思うことが出てくる。俺は立ち上がって如月さんの前に行った。

「あのさ、俺は別に九条さんの嫌がることをしようだとか考えてないよ。ただ仲良くなりたいだけなんだよ」

真面目な顔して言ってみる。すると、如月さんは鼻で笑った。

「仲良くなりたいねぇ。なんで？　桃華が可愛いから？　見た目だけで態度変えてるんでしょ？」

「いや……それは……」

-70

何も言い返せなかった。確かに、俺が仲良くなりたいって思ったキッカケは九条さんが可愛いからだ。

思わず目線が落ちる。すると、九条さんが俺と如月さんの間に入った。そして、真面目な顔を如月さんに向ける。

「結衣ちゃん、桐崎くんは誰にでも優しいよ」

九条さんがそう言った瞬間、如月さんはハッと息を飲み込む。そして目に涙を浮かべた。

「あ、あたしは、桃華のためにと思って……。桃華を守りたかっただけなのにっ！　うぅっ……」

そう言って涙を一粒流すと、如月さんは走りだそうとする。

「ゆ、結衣ちゃんっ！」

九条さんが手を伸ばす。しかしその手は届かず、如月さんは真っ直《ま》ぐ《す》に走っていってしまった。

ま、まずい。女の子を泣かせてしまった。追いかけなくちゃ。

「九条さん、ごめんっ！」

「私も行く！」

そう言って走りだすと、九条さんも走りだした。追いかけること十数メートル。如月さんの足は結構速く、見失ってしまった。住宅街の十字路で俺と九条さんは、辺りを見回す。

「ど、どうしよう。私、酷《ひど》いこと言っちゃったかな」

「大丈夫。きっと誤解してるだけだよ。話せば分かってくれるはず。よし、手分けしよう」

そう言うと九条さんは力強く頷いてくれた。大丈夫。如月さんは誤解してるだけなんだ。

そして、俺と九条さんは二手に分かれた。ただ闇雲に走るしかない。

近くにいるといいんだけど……。もしかすると、家に帰っちゃったかもしれない。

半分諦めながら走っていると、小さな公園前に着いた。ふと、目線を公園内に向けると、亜麻色の髪をした女子がブランコに座っていた。

如月さんだ。

俺は何も考えなしに如月さんの元に向かった。そして如月さんの目の前に立つ。すると、如月さんはゆっくりと顔を上げた。その目元は赤くなっていた。

「なによ」

拗《す》ねた言い方である。しかし目つきには、さっきまでと違って鋭さがない気がする。

そういえばさっき、九条さんの為《ため》にと言っていたよな。俺が九条さんにとって無害であることを、如月さんに証明しなくてはいけない気がする。よしっ……！

「その……なんていうか、俺と友達になってください！」

「はぁ？」

深々と頭を下げると、如月さんは間の抜けた声を出す。

「い、いきなり何よ。桃華だけでなく、あたしにもちょっかい出そうっての⁉」

「い、いや違う違う！　ただ、如月さんに俺を認めて欲しいだけなんだよ。その、如月さんが言ってたように、俺が九条さんと仲良くなりたいって思ったのは可愛《かわい》いから。それは間違いないんだけど、それは一つのキッカケであって、今は色んな九条さんを知りたいっていうか、なんていうか……」

言葉の整理がつかず、詰まってしまう。すると、如月さんは呆《あき》れたようなため息をつく。そして、眉を八の字にしながら、俺の目をゆっくりと捉えた。その目は何というか、少しだけ優しいものだった。

「認める……ね。いいよ。それじゃ、まずは見てあげる」

「ま、マジっ⁉」

思わぬ反応に目を輝かせると、如月さんの顔が赤くなる。

「ま、まだ認めたわけじゃないから！　あんたが桃華の周りをうろつくのを一時的に許してあげるだけ。もし、何かあったら即刻遮断よっ！」

「うん！　それで良い！　良かったー」

お許しが出たことに舞い上がってしまう。すると、如月さんは、またもため息をついた。

「で、何であんたが追いかけてきたの？　桃華は？」

「え？　あー二手に分かれて……。あっ、連絡しなくちゃ！」

俺がこうしている間にも、九条さんは走り回っている。一番に連絡してあげなきゃ駄目だったろう。

急いでスマートフォンを取り出し、九条さんに電話する。如月さんを見つけたことを伝えると、すごく安心したような様子だった。

そして待つこと数分。九条さんも公園にやってきた。九条さんは如月さんを見つけるなり、駆け寄って抱きついた。

「結衣ちゃん、ごめんね。私酷いこと言っちゃったよね？」

すごく申し訳なさそうに言う九条さん。それに対して如月さんは九条さんの背中を撫《な》でながら微笑む。

「あたしの方こそごめんね。その……ちょっと熱くなりすぎちゃった」

如月さんが照れたような言い方をすると、九条さんはゆっくりと首を横に振った。すると、如月さんの目がこっちを向く。その目は睨《にら》むような鋭さだったけど、さっきまでとは違うような。

「あんたのせいで、桃華に変な心配かけちゃったじゃない」

「ええ……いや、それは理不尽でしょう……」

「ふふ、冗談よ」

そう言って如月さんは笑みをこぼした。何というか、棘《とげ》が一本取れたような。そんな気がした。

と、一安心していると、着信音が聞こえてきた。誰のだ？　と思っていると九条さんがスマートフォンを取り出し、電話に出た。

通話をしている途中、どんどん九条さんの表情が暗くなっていく。そして、電話が終わると、ぎこちない笑顔を俺に見せた。

「家の用事があるの忘れてた。その……今日は帰るね。ごめんね。また今度食べに行こ」

「う、うん」

何というか、嫌そうというか……。行きたくない用事なのかな。

別れの挨拶にと手を軽く振ると、九条さんは沈んだ表情を見せて帰っていった。その後ろ姿が心配で見つめていると、如月さんが俺の横に立つ。

「桃華の家、結構厳しいからね。あんたも覚悟した方がいいよ」

「え？　どゆこと」

「それは、あたしがベラベラ話すことじゃないから」

「そ、そっか。ごめん」

「ま、そういうのも含めて、知っていくってやつでしょ？」

「だね」

　厳しい……か。しきたりとかかな。いや、今考えても仕方がない。如月さんの言う通り、ゆっくり知っていけばいいいんだ。

　さて、俺も帰るか。そう思い、足を進めようとした。すると肩を摑《つか》まれた。後ろに倒れそうになりながら振り向くと、如月さんが細めた目を俺に向けていた。

「で、何であんたは桃華と仲良くできてんのよ？」

「え？　いや、何でって言われてもな。受験の時に筆記用具貸したのが始まりというか」

　俺がそう言うと、如月さんは目を見開く。そして大きな声を出し始めた。

「あ、あんたが、その人なの!?」

「そ、その人？」

「い、いや、こっちの話。ふーん、なるほどね」

「いや、一人納得してないで教えてよ」

そう言って迫ると、如月さんは顎に手を添えて悩みだす。そして「よしっ」と言うとこっちに顔を向けた。

「多分、桃華の口からは出ない話だから、あんたには言っておくよ。あ、今から話すことは絶対バラしちゃ駄目だよ。取《と》り敢《あ》えず、座りましょ」

「お、おう」

長い話になるのだろうか。俺と如月さんは近くのベンチに座った。すると如月さんは遠くを見つめながら話しだす。

「桃華ね、中学の時はすっごい地味な子だったの。丸メガネで髪はビッチリまとめちゃっててね」

「うん、知ってるよ。受験の時もそんな感じだったと思う」

「まあ、桃華もそうしたくてしてるわけじゃなかったんだけど、それが原因で男子からよくからかわれてたわ。酷いやつなんてブスとか言ってたし」

思い出したのか怒り口調の如月さん。確かに地味な見た目だったと思うけど、見た目でからかったりするのはどうかと思う。

「酷いね」

「でしょ？　もう、それが許せなくて。そいつら、あたしには媚《こ》びっ媚びの態度見せてくるくせに、陰では桃華のこと悪く言っててさ。だからあたし、一暴れしてやったのよ。そしたら、一応収まりはしたんだけど、桃華は孤立しちゃってね。あたし悪いことしたなって。だから、決めたの。あたしだけは桃華の味方でいようって」

「そっか。だから九条さんの為にと頑張ってるんだね」

「そういうこと。ま、今回はあたしの暴走が過ぎちゃったけど。と、話を戻すね。それから、あたしと桃華は卒業までずっと一緒だったわ。高校は、本当は違うとこに行くはずだったんだけど、桃華がお母さんを説得して、あたしと同じとこにしてくれたの。『私の友達は結衣ちゃんしかいないから』って。あたしも桃華しか友達いないんだけどね。そして、受験の時に会ったのが、あんたってわけ。桃華、優しくされたことあまりないから、あんたの捨て身の手助けに、すっごく感動しちゃったんだってさ」

「そっか。そうなんだね」

　捨て身の手助けか。そんな大袈裟《おおげさ》なことじゃないと思ってたけど、九条さんにとっては、大きな出来事だったんだな。

「そそ。それから入学しても桃華はあの見た目だったんだけど、ある日生まれ変わったかのように、見た目を変えてきたわ。まあ、元が良いのは知ってたけど、ビックリしたなー」

「へぇ、何でだろうね」

何も考えずに言うと、如月さんは呆れたようなため息をつく。

「あんた、バカ？　ま、いいわ。そういうことだから、桃華のこと大事にしてあげてね」

「へ？　あぁ、もちろん！　ちゃんと見張っててね！」

そう言ってサムズアップすると、如月さんは目を細めて蔑みの眼差《まなざ》しを向けてきた。

「言われなくてもよ。それじゃ帰りましょ」

そう言って立ち上がった如月さん。ふと頭上を見れば、好感度は25になっていた。

ば、爆上がりしてる⁉

何はともあれ、少しは仲良くなれたのかな？　いや、まだ基準値より低いしこれからか。


そして、なんとか如月さんから、九条さんに近づくことを許された次の日。俺は、途中で終わってしまったソフトクリームの埋め合わせをしようと、九条さんのクラスへと足を運んだ。

教室を覗《のぞ》き込めば、みんなが楽しそうに、昼ご飯を食べている。その中には、九条さんの姿も。如月さんを含めた四人でグループを作って、楽しそうにおしゃべりをしている。

あぁ……やっぱり声かけづらい……。

と、重たいため息をついていると、後ろから声をかけられた。

「あの、入れないんですけど」

「あっ、すいません」

振り返れば、不機嫌そうな女子が目を細めていた。きっとこのクラスの女子だろう。ちなみに好感度は30から28に下げられてしまった。

たったこれだけで下がるのか……。

と、凹《へこ》みながら前に向き直ると、九条さんとバッチリ目が合ってしまった。好感度は相変わらずの１００。引きつった顔のまま、急いで手を挙げると、九条さんは席を立ってこっちまで来てくれた。

「どうしたの？」

ニコニコと機嫌の良さそうな笑みを浮かべる九条さん。無意識に、ゴクリと一回喉を鳴らしてしまう。奥では如月さんが、防犯カメラのように見開いた目で俺を見ている。

「あ、あの……今日の放課後って、空いてたりする？　良かったらもう一回ソフトクリームどうかなーなんて……」

目を右へ左へと泳がしながら、情けない誘い方をしてしまう。すると、九条さんは視線を落としながら小さく頷《うなず》いてくれた。口角は少し上がっていて、嫌ではなさそうな雰囲気だ。

「そ、それじゃあ！　ま、また放課後！」

「う、うん！　ホームルーム終わったら、桐崎くんのとこに行くね」

眉を八の字にしながら、そう言ってくれた九条さん。

誘えた。その嬉《うれ》しさに、心が満たされていく感覚がする。自分でも気持ち悪いと思うくらいに、口角が上がっていく。


そして待ちに待った放課後。クラスメイトが疲れた顔をして教室を出て行く中、俺は今日一っていうくらいに生き生きとしていた。すると、廊下から俺の名を呼ぶ声が飛んできた。

「桐崎はいるかー？」

野太い声。ハッと顔を向ければ、そこには英語の先生がいた。

「は、はい！」

ガタイが良く、眉の太い先生。返事をすると、太い腕を挙げて手招きし始める。

俺、何かやらかしたっけ……？　そんな不安を胸に、恐る恐る立ち上がる。チラリと先生の好感度を見てみると、数値は35。高くはないが、嫌われてはなさそう。こういう時、数値が見えてて良かったなって思えるな。

そんなちょっとした安心を胸に、先生の前に立つ。すると、先生が話し始めた。

「おい、桐崎。お前補習だろ。何のんびりしてんだ」

「あ……やっぱ。い、今行きます！」

忘れてた……。この前の小テスト、極端に悪くて、補習対象にされたんだった。

返事をすると、先生は去っていった。大きくなる焦りと共に、廊下に出る。すると、バッタリ九条さんと会った。

「あっ、桐崎くん！　どうしたの？」

「あ……その、ごめん！　今日、補習があるの忘れちゃってて……。その……ソフトクリームは、また今度にしよっか！」

誘っておいて申し訳ないと、手を合わせる。すると、九条さんは優しい笑みを浮かべながら、首を横に振った。

「私、待ってるよ！」

「えっ、い、いいの？」

「うん！　教室で待ってるね！」

そう言って、微笑《ほほえ》んでくれた九条さん。優しいな。

「ありがとう！　確か……三十分くらいだったと思う！　行ってくるね！」

笑顔でそう言って手を振ると、九条さんも振り返してくれた。そのお陰か、少し心が軽くなった俺は、別棟にある教室へ。扉を開けると、補習対象の生徒が集まっていて、後ろの方の席は埋まっていた。

前の方しか空いてないか……。

渋々、一番前の席に座る。すると、タイミングよく先生もやってきて補習が始まった。

授業でやったことのある内容を噛《か》み砕きながら、ゆっくりと解説を続ける先生。

このペースでどこまでやるんだろう。ふと壁の時計に目を向ければ、二十分経《た》っていた。

ま、待て。これ、三十分で終わるやつじゃない……。

焦り始める心。先生が黒板に向かっている隙を窺《うかが》って、隣の席の人に小声で話しかけてみる。

「この補習って何時までだっけ？」

「え？　あぁ、一時間半やるって言ってたから、もう一時間くらいあるね」

「ええ!?　マジで!?」

嘘《うそ》だろ……。うわぁ、案内を読み間違えてたかもしれない。

ん……？　てか、ヤバイ……九条さん、待ってるのに……。れ、連絡しなきゃ……。

しかし、ここは一番前の席。先生の前でスマートフォンを取り出すわけにもいかない。気持ちが焦り始める。

もう、そこからは補習どころじゃなかった。何度も時計を確認してしまう。あともう少し。そう思った時だった。先生が教科書を閉じた。

「はい、お疲れ様。補習はここまで」

やっと終わった。時計を見ると、予定より少し早く終わってくれたみたいだ。しかし、そういう問題ではない。俺は急いでノートをしまって、廊下に出た。

九条さん、怒ってるかな……。連絡もなしに一時間以上も……。

廊下を走りながら、スマートフォンを取り出す。通知はなし。呆《あき》れて、そのまま帰ってしまったかもしれない。そんな不安を抱いたまま、走っていく。そして、九条さんの教室前に着いた。息を切らしながら、教室内を覗く。すると、

「あ、桐崎くん！」

俺を見た瞬間、優しく微笑みながら席を立った九条さん。

え……ま、まだ、いてくれたんだ……。

「ご、ごめんね。すごい待たせちゃって」

「三十分くらい」とか言いながら、一時間以上も待たせてしまった。しかも、なんの連絡

もせずにだ。きっと好感度は下がってしまっているだろうな。

恐る恐る視線を上げる。しかし、そんな俺の不安とは裏腹に、九条さんの好感度は100のままだった。

な、なぜだ……？　普通下がってしまってもおかしくないはずだ。教室入り口で、邪魔になってしまっただけでも下がるのに……。

そう驚いていると、不思議そうな表情を浮かべた九条さんが近くにやってきた。

「どうしたの？」

「え！　あ、いや……なんでもない！」

謎だ。他の人は、些細《ささい》なことで好感度が変わるのに、九条さんは100のまま。九条さんの心が広いだとかの問題ではない気がする。それに、100という数値は九条さんだけだし。もしかすると、九条さんの数値だけは、壊れているのかもしれない。

と、頭の中で考えをこねくり回していると、九条さんが目の前で手をヒラヒラと振った。

「大丈夫？　その……大変だった？」

心配そうな表情を浮かべる九条さん。待たされたのに、俺を気遣ってくれるなんて……。

「え！　あ、いや大丈夫大丈夫！　そ、その……待たせちゃって本当にごめんね」

「ふふ。大丈夫だよ。それじゃあ、ソフトクリーム行こっか！」

楽しそうな笑みを浮かべながら、そう言ってくれた九条さん。その笑顔を見て思った。たとえ、この数値が本当だろうと、バグだろうと関係ない。君がこうして笑顔になってくれれば、それでいい。そんな気がした。ただの自己満足かもしれないけど。目に見えている数値だけを信じるんじゃない。自分の中で感じ取れるものを信じていこう。そう思った。

そして時は過ぎ、中間テストも終わって、俺達の高校生活は六月を迎えていた。九条さんと知り合ってもうすぐで一ヶ月か。感慨深いなあ。と、間抜けな顔をしながら、購買へ足を進めていく。すると珍しいことに、美来が後ろからやってきた。

「ちょ、ちょっと冬馬《とうま》！　少し話がある！」

息を切らしながら、只事《ただごと》ではなさそうな雰囲気を醸し出す美来。何事だと身構えると、美来は膝に手をつきながら続ける。

「は、春輝が……九条さんと二人でコソコソしてるんだけどっ！」

「ふーん。って、どゆこと？」

そう考えなしに聞くと、美来の眉間にシワが寄る。

「だ・か・ら！　春輝が今日、昼ご飯一緒に食べられないって言ってたでしょ？　その理由が九条さんと二人でご飯食べる為《ため》だったってことなのよ！　空き教室でコソコソと！」

「なん……だと⁉」

これはどういうことなんだ⁉　なぜ俺達と分かれてお昼を食べるのだ⁉　それも内緒でっ！　気になりまっす！

「ど、どうする？」

美来に判断を委ねてしまった。こういう時に、サッと決められないのは本当に情けない。

すると美来は、ズビシっと人差し指を俺に向ける。

「決まってるでしょ！　調査よ調査！」

「お、おうっ！」


こうして俺と美来は、お昼ご飯もそっちのけで、九条さんと春輝がいる空き教室に向かった。

空き教室の入り口から目だけを覗《のぞ》かせれば、窓側一番奥の席に九条さんと春輝がいた。距離が遠いせいなのか、二人の話し声が小さいせいなのか、会話が正確に聞き取れない。

ふと美来の方を向けば、もどかしそうな表情を浮かべていた。そして小声で話しだす。

「何話してるか分からないじゃない！」

「んー、聞かれたくないことなのかも」

そう思ったら、盗み聞きするような真似《まね》は良くない気がしてきた。

しかし、楽しそうな表情を浮かべる九条さんを見ると、心が締め付けられてしまう。今まで色んな女子が春輝に近づいたりしても、別に何とも思わなかった。でも、今は何というか苦しい。

春輝はイケメンで優しいしな。俺、意外とコンプレックス強いのか？　いや、それこそいつものことだ。何を今更。

「なあ、美来。もう戻ろう」

「えぇ!?　んーまあ良いけど。結局何も分からなかったし」

こうして教室に戻った俺と美来は、残り少ない昼休憩時間でお昼ご飯を食べた。

そして午後の授業が始まるわけだが、上の空。やはり、二人が何を話してたかが気になる。

はぁ……。ここまで凹《へこ》んでしまうとは。片思いって、楽しいことばかりじゃないんだな。

そしてやってきた放課後。俺は思い切って、春輝に昼のことを聞いてみることにした。

「なあ、春輝。ちと良いか？」

「おお、どうした？」

いつものように爽やかな笑みを浮かべる春輝。俺は喉を一回鳴らし、質問をぶつけてみた。

「な、なあ、春輝。今日の昼さ、何してた？」

「ああ、昼？　相談にのってた」

表情を変えない春輝。なんていうか後ろめたさを感じない。聞かれたくないことだったら、好感度が下がるかなって思ったんだけどな。

「へ、へぇ。なるほど」

しかし、なんの相談なのだろうか？　だがこれ以上の詮索は、よくない気がしてきた。

「そんじゃ、帰るか！」

引きつった笑顔でそう言うと、春輝は申し訳なさそうな顔をする。

「悪い、今日は用事がある」

「そっか！　んじゃまた明日な！」

そう言って手を挙げると、春輝も軽く手を挙げる。そして教室を出ていった。さて、俺も帰るかと、足を進めようとする。すると、険しい顔をした美来が俺の横に来た。

「冬馬、追うわよ」

「え、マジかよ」

「マジもへチマもないわよ！　気にならないの？」

「いや、なるけどさ。なんか良くないことしてる気がするよ」

「あっそ！　じゃ私一人で行くから」

「お、おい待てよ」

ズカズカと地を踏んづけるように歩いて行く美来。何をそんなに必死になっているのか。そんな美来が、何かやらかさないか心配なので、俺もついて行くことにした。

もはや競歩。そんな速度で歩いていく美来の後を追っていく。そして昇降口を出ると、春輝を発見した。その横には九条さんがいる。

放課後の用事って、これか!?

そう狼狽《うろた》えていると、美来が厳《いか》つい顔を俺に向ける。

「これってデートよね？」

「い、いや、まだ分からないだろ」

俺だって、九条さんと二人でお出かけしたことあるし。き、決めつけるには、まだ早い。

それから二人の後を、一定の距離を保ちつつ尾行した。時に電信柱の裏、時にポストの陰に身を隠しながら、足を進める。そして住宅街を抜けると、駅前に着いた。

「ま、まさかの遠出!?」

そう言って目を見開いた美来は、鞄《かばん》を漁《あさ》り財布を取り出す。俺もそれにつられるように、鞄を漁った。

そして駅内に入っていった春輝と九条さん。ここからは人口密度が高くなる。見失わないように、距離を縮めながら追っていかねば。

改札を抜け、そして電車に乗る。俺と美来は春輝達がいる車両の隣に乗り込み、連結部の扉越しに二人を観察していた。

どこへ行くのか……。あんまり遠いと運賃がなぁ……。と考えていると、二駅先で春輝達が降りた。俺と美来も、他の乗客をかき分けて急いで降りる。

そして、駅を出るとそこは商店街だった。大きなゲートをくぐれば、色んなお店が所狭しと並んでいる。行き交う人も多く、下手をすればすぐに見失ってしまいそうだ。

「まさか、買い物デートとはね……」

顎に手を添えて、渋い顔をする美来。

買い物かぁ。絶対楽しいやつじゃん……。

それから商店街の中へと進んで行く春輝達。十数メートルくらい歩いたところだろうか。

俺は、ある点に気付いてしまう。春輝達は、脇目も振らず、ズンズン奥に進んでいっているのだ。つまりは、目的の場所が定まっていると見た。

そして、俺の予想通りかは知らないが、春輝達は一軒の店に迷いなく入っていった。ぱっと見、雑貨屋さんっぽい。

二人が店に入るのを見届けると、美来が立ち止まる。

「さすがに中までは入れないわね」

「まあ、そうだね。んーどうするよ？」

「まだよっ！　まだ、確証がないわ！」

そう言って美来は、俺の腕を引っ張り物陰に連れ込む。そこからしばらく観察を続けた。

するとしばらくして、春輝達は店から出てきた。優しい笑みを浮かべる春輝と、満足そうに笑う九条さん。何というか、美男美女でお似合いだなと、ふと思ってしまった。

九条さんの手には小さな紙袋がぶら下がっている。春輝は何も買っていないようだ。

はぁ……あんな楽しそうな様子を見たら、気持ちが沈んじゃうよ。ため息しか出ない。

俺は欲張りすぎたのだ。九条さんと仲良くなれた。それだけで満足できなかったんだ。その反動が今、きたに違いない。

と肩を落としていると美来が空手チョップをお見舞いしてくる。顔を上げれば、美来はな。

呆《あき》れた表情をしていた。

「ほら、追うわよ！」

「ほいほい……」

そこからは、来た道を戻って行くだけだった。やはり予想通り、店も買う物も決めて来たのだろう。スマートというか何というか。俺だったらリサーチなしで来てしまうだろうな。

そしてまた二駅戻って改札を出ると、春輝と九条さんは別れた。ここで尾行もお終《しま》い。

さて、帰るかとため息をつくと、美来が声を張る。

「突撃よ！　春輝に尋問！」

「いや、やめとこうぜ。変に探って喧嘩《けんか》になったら嫌だし。きっと春輝達から言ってくれるよ」

と諦めにも似た言い方をすると、美来は露骨に不機嫌そうな顔をした。しかし、すぐに眉を八の字にして、視線を落とした。

「そう……だよね……。うん……分かった。そうする」

さっきまでの勢いがなくなってしまった美来。まぁ、昔から俺と春輝に色々世話を焼いてきた美来だからこそ、思うことも多いんだろう。

とは言ったもののモヤモヤとしてしまう。そんな気持ちを引きずったまま俺は家に帰った。リビングに行けば、母さんが俺を呼ぶ。

「あら、冬馬おかえり。あっ、そうだ、何か欲しいものある？」

「欲しいもの？　ないよ……」

あえて言うなら心の平穏。少しぶっきらぼうに答えてしまったことを後悔しながら、俺は自室に向かった。


翌朝。なんか目覚めが悪いような……。睡眠の質が低かったのだろうか。活力が湧かない。重い体を起こしてリビングに行くと、母さんが楽しそうな声で俺を迎える。

「冬馬、誕生日おめでとー」

「どうも」

はぁ……誕生日か。めでたい気分にはなれないなあ。

ため息をつきながらテーブルに着くと、母さんがポチ袋を突き出す。

「ほら誕生日プレゼント。欲しいものないって言ってたし、これが一番でしょ？」

「あぁ、ありがとう」

そう生返事をすると、母さんは不思議そうな顔をする。

「要らないなら返してくれてもいいよ？」

「いや、ありがたく頂きます！」

それから朝の支度を済ませ、外に出る。すると、玄関前に美来が立っていた。

「よっ！　おはよー」

「元気だな。おはよ」

「どした、どした？　今日誕生日でしょ？　バンザイでもしたら？」

「そんな気分じゃないよ。って、春輝は？」

「先に行ってるってさ。ささ、行きましょっ！」

やけにテンションが高い美来が前を歩いていく。昨日の落ちこみようは、どこへやら。

そんな美来を見て思う。いかんいかん、沈んでてもしょうがないだろ。美来みたいに元気元気！

そして学校に着いた俺は、教室に入るなり自席に勢いよく座る。すると、春輝がやってきた。

「おはよ、冬馬」

「おっす」

いつもなら元気よく手を挙げるところだが、今日は気怠《けだる》げに言ってしまった。すると、春輝は不思議そうな顔をする。

「どうした？　体調悪いか？」

「い、いや！　大丈夫！」

「そっか。あっ！　冬馬、今日の放課後、予定ないよな？」

急に思い出したかのような口ぶりの春輝。そんなに慌てて聞くことでもないだろうに。

「ないよ。なんかあるのか？」

「まあな」

そう言って春輝は微笑《ほほえ》んだ。すると、スマートフォンから、通知を知らせるバイブ音が鳴った。ポケットから取り出せば、九条さんから LaIN が来ていた。

【桐崎くん、おはよ！　今日の放課後、少し時間貰《もら》えないかな？】

放課後か。朝のうちにわざわざ連絡するのは、どういうことなのだろうか。取《と》り敢《あ》えず返信しなくては。

【いいよ！】

送信。はあ……九条さんとの距離の取り方、どうすれば良いのか。期待のしすぎや、欲張りすぎは、時に自分を傷つけるもんな……。

だからと言って、距離は取りたくない！　美来が言っていたな。当たって砕けちまえ。傷ついてもお釣りはくる。そのスタンスでいけばいいじゃないか。仲良くできるだけで良いじゃないか！

なんかそう考えたら、ちょっとは前向きになれた。と、そんな自己暗示のおかげか、授業は難なく乗り越えることができた。そしてとうとうやってきた放課後。

教室内で九条さんを待っていると、LaIN が一通やってきた。九条さんからだ。なんと空き教室まで来てほしいとのこと。

ここじゃ駄目なのかな？　事情はよく分からないけど、取り敢えず空き教室へ。すると空き教室に入ってすぐの所に九条さんが立っていた。手を後ろで組んで、モゾモゾと落ち着かない様子だ。

「九条さん、おまたせ！」

「う、うん！」

口を真《ま》っ直《す》ぐに結んでいる九条さん。何か言い出そうとしているけど、緊張している様子だ。

いったい何を言われるんだ。俺も緊張してきた。喉を一回鳴らし、身構える。すると九条さんは、後ろに回してた手を前に突き出した。その手には紙袋が。

「き、桐崎くん、誕生日おめでとうっ！」

「えっ……⁉」

顔を真っ赤にして上目遣いをする九条さん。俺は固まってしまった。九条さん、何で俺の誕生日を知っているんだ⁉　それにその紙袋、昨日春輝と買い物してた時のやつだし！

「え、えっと、今日……だよね……？」

俺が固まったままでいるせいか、九条さんは不安そうな声を出す。

「え、あ、いや！　うん！　今日だよ！」

そう言って俺は九条さんの前に行く。そして紙袋を受け取った。

「その……俺の誕生日、知っててくれたんだね」

そう言うと、コクリと小さく頷《うなず》く九条さん。すごく嬉《うれ》しい。だけど、それ以上に安心感のようなものが心を覆った。モヤモヤとした気持ち、重くなった心が、スゥーっと晴れて軽くなる感じ。

思わず笑みが溢《あふ》れてしまう。すると、後方から扉が開く音がした。振り返ると美来と春輝が笑顔で入ってきた。

「冬馬、おめでと」

「おめでとー。良かったじゃん」

「お、おう！　ありがと」

と固い感じで返事をすると、春輝が不思議そうな顔をする。

「どうした？　嬉しくなかったか？」

「い、いや！　めっちゃ嬉しい」

嬉しいには嬉しいんだ。だけどもやっぱり安堵《あんど》感の方が勝る。と、それよりもなぜ九条さんが俺の誕生日を知っているかだ。

「あのさ、俺、誕生日のこと話したっけ？」

振り返って九条さんに聞くと、九条さんが春輝に目を向ける。

「七瀬《ななせ》くんが教えてくれたの。それで相談にものってくれて」

すると春輝が付け加える。

「まあ、そういうことだ。どうせならサプライズみたいにしようと思ってな」

「そ、そっか～」

それを聞いて体の力が抜けた。昨日見た二人の買い物もその為《ため》。あー良かった良かった。

そう気の抜けた顔をすると、春輝と九条さんは可笑《おか》しそうに笑った。その笑顔に俺もつられる。

「早速見ていい？」

「うん！」

紙袋の中にはラッピングされた袋が入っていた。シールを丁寧に剝《は》がすと、中から手帳型のスマートフォンケースが出てきた。布製の藍色のケース。オシャレっぽい！

嬉しさのあまり舐《な》めるように見ていると、九条さんが照れたような口調で話しだす。

「ど、どうかな？　桐崎くんケースつけてないから、どうかなって思って。あっ！　もしかして、あえて付けてない⁉」

「い、いや！　付けますっ！　超嬉しいっ！」

初スマホケース！　九条さん、目の付け所がいいなー！

早速スマートフォンに装着してみる。そして、それを九条さんに見せて笑顔を向ける。するとと九条さんも笑顔を返してくれた。

「九条さん、本当にありがと！」

「うん！　そ、それじゃあ、また明日」

そう言って九条さんは、手を小さく振って教室を出ていった。すると、春輝も教室を出ようとする。俺はそれを引き止めた。

「春輝！　ありがと！」

「おう」

そう言って微笑んだ春輝は、教室を出ていった。それに続くように美来も歩きだす。俺は美来も呼び止めた。

「美来！　これで解決だな！　ってか、知ってた？」

「まあね。昨日の夜、春輝に聞いちゃったんだよねー。いや、本当に良かった」

結局、聞いたのかい。まあ、美来はそうするだろうな。しかし、本当に良かった。デートなんじゃないかっていうのも、俺の思い込みだったし。

でも、今回のことで色々気づけた。俺は欲張りでいたい。九条さんともっと仲良くなりたい。その……できれば、男子で一番近い存在に……なれるといいな。

第3章　雪村希

俺達一年生の最初の大きな行事、遠足が近づいてきた。アウトドアレジャー施設でカレーを作って、フィールドアスレチックで遊ぶ。内容はこんな感じだったはず。

そして、その遠足の前に行われる一大イベントが班決めだ。この班の分かれ方で今後の学校生活が左右される……らしい。

朝のホームルーム中、教室の後ろに張り出された班分け表。張り出されると同時に動きだすクラスメイト達。いわゆる人望の厚い人気者は、一緒の班になろうと迫られていた。

すると、そんな人気者の一人である春輝《はるき》が俺の元に来る。なにやら慌てている様子だ。

「冬馬《とうま》、一緒の班になろうぜ」

「おう！」

「よし。後は、五美《いつみ》たち誘おうぜ」

急《せ》かすような口ぶりの春輝。何かを恐れているような感じにも取れる。すると、俺と春輝の元に女子三人組がやってきた。

「七瀬《ななせ》くん、一緒の班になろー！」

「悪い。もう決まってるんだ」

春輝がそう言って手を合わせると、女子達の視線が俺に向く。そして不満そうな顔をすると、好感度を３ほど下げて去っていった。

俺は悪くないだろぉ……。

そんな理不尽さを感じながら、五美達も誘って男子五人組の班ができた。美来《みく》はというと、女子グループの班に混ざっていた。俺達幼馴染《おさななじみ》組でいることが多いが、美来は美来で女子の友達は多い。まあ、あのハッキリした性格のせいなのだろう。

と、今後の学校生活を左右すると言われる班決めが、あっさり終わってしまった。横では春輝が安心したようなため息を一つついている。すると、何かを思い出したかのように、ハッとした顔を向けてきた。

「そうだ、冬馬。カレー作りの後は自由行動だし、九条《くじょう》さんと遊ぶチャンスじゃないか？」

「そうなの？　よ、よし！　誘ってみようかな！　おっ、美来にも声かけとかんとな」

「いや、俺と美来のことはいいよ」

「えっ⁉　あ、いや、二人ってのは……いいのかな？」

「さあな。そこは冬馬次第だな」

「そ、そうだよな！　よし！　で、春輝は自由行動どうすんだ？」

「ああ、俺は適当な場所で涼んでるよ。それか、美来誘ってみるかな」

そう言って、少し意地悪な笑みを浮かべた春輝は五美達の元へ歩いていった。

高校生活初の行事。九条さんと思い出を残せたら、最高だろうな。よしっ！


と、いうわけでやってきた昼休憩。俺は勇気を振り絞って、九条さんのクラスへ足を向けた。LaIN で誘うのもいいけど、なんていうか直接誘いたい。ついでに、九条さんを見たいっていうのもあるけど。

教室を覗《のぞ》き込めば、友達と話をしている九条さん。足踏みしそうだけど、ここは一歩踏み込んでみる。

「く、九条さん！」

思った以上に出ない声。しかし、聞き取ってもらえたようで、九条さんはこっちを見てくれた。そして、俺の元に来てくれる。

「どうしたの？」

微笑《ほほえ》む九条さん。いつ見ても楽しそうで、俺も楽しい気分になってしまうな。

「あ、あのさ、遠足あるじゃん？」

「うん」

「その……自由行動なんだけど、良かったら一緒に遊べないかなーって……。あっ！　もう約束済みなら、いいんだけどさ！」

途中、声が小さくなってしまったり、急に慌てふためいてしまったりと、変な誘い方をしてしまった。そのせいかは分からないけど、九条さんは目線を落として、モゾモゾとし始める。

困っちゃったかな？　うぅ……断られたらどうしよう。

不安になり、ちらりと好感度を確認する。数値は相変わらずの100だった。

「う、うん。遊びたい……です」

そう言って九条さんは小さく頷いた。そして上目遣いをして続ける。

「浅宮《あさみや》さんと七瀬くんは、その……いいのかな……」

「い、いや、二人は別行動！　なんだけど……」

マズった……。先にそのことを伝えるべきでしょうよ……。5W1Hは基本だって先生も言ってたし。

そんな不安感に頬《ほお》が引きつる。すると、九条さんの口角が上がった。

「そ、そうなんだ。うん、分かった。楽しみにしてるね」

そう言って九条さんは、教室内に駆けて戻っていった。

たっ！　楽しみ……!?　これって……そのつまり……。いやいや、遠足なんだから、そら楽しみでしょうが！

と、兎《と》にも角《かく》にも、さ、誘えたぞ。二人で遊ぶ約束を取り付けることができたぞ！　んほぉーっ！

舞い上がってしまった。両手をバンザイしながら、スキップで廊下を進んでいく。はたから見れば、おかしなやつにしか見えないだろうけど、今の俺は自分の感情を味わうのに精一杯だった。

と、自分の教室が目の前に迫った時だった。後ろから聞いたことのない声に呼び止められる。

「あの、すいません」

「は、はい」

我に返って振り返れば、そこには一人の女子がいた。少し茶色っぽい髪色の、シャギーの入ったミディアムヘア。背は如月《きさらぎ》さんよりは高いかな？

と、そんなことよりだ。すごく可愛《かわい》い。フレッシュなアイドルグループにいそうな感じだ。好感度が見えてなければ、胸を高鳴らせていたかもしれない。

そう……。彼女の頭上に目を向ければ……。

いや、如月さんのときにマイナスの存在は知ってしまったから、驚きはない。しかし、マイナス100って、最低値の極みじゃないのか？

更にだ。この子、俺のこと嫌っているっぽいのに、物凄《ものすご》く可愛らしい笑顔を向けてくるのだ。その裏に、どんな思いが隠れているのか……。考えるだけで怖くなる。

マイナス100。

と、口角を引きつらせていると、彼女は笑顔のまま小首を傾《かし》げた。そして、ポケットティッシュを一つ、突き出してきた。

「これ、落としましたよ？」

「え？　あ、あぁ、ありがとう！」

思わず受け取ってしまったが、こんなティッシュは持ってきていない……はず。ま、まあ、ポケットティッシュだし、貰《もら》っても大丈夫でしょう。

引きつった笑顔でお礼を言うと、彼女はまた微笑む。そして背を向けると、どこかに行ってしまった。

いや、マジで怖いな。恐怖を感じながら、彼女の後ろ姿を眺めていると、横から話し声が聞こえてくる。

「希《のぞみ》ちゃん、優しいなー。落し物を渡せるなんて、なかなかできることじゃないよ」

「だなー。可愛くて、優しい！　俺は四天王《してんのう》の中じゃ、断然、希ちゃん推しだな」

ん……？　四天王？　四天王で希ちゃんといえば……雪村《ゆきむら》希さん？　確かそうだ。五美情報は確かだ。

どうりであの可愛さ。いや、しかしなぜ嫌われている？　如月さんの時も考えたけど、絶対誤解か何かがある。だって俺、雪村さんのことも知らないし！　いや、知らぬ間に嫌われるようなことをしてしまったのかも。ならば、謝りたい……。

九条さんは最初から１００。如月さんは、最初マイナス50。その次の雪村さんはマイナス１００か……。あと一人の四天王の好感度も心配になってきたな。

そんな悩み事が一つ増え、先程までの高揚感は、どこかに消えてしまった。今日は最高の一日になるはずだったのにな。

しかし、クヨクヨしても仕方がない。如月さんの時みたいに、平常値付近までの爆上がりがあるかもしれないし！

そう自分に言い聞かせ、俺は教室に戻っていった。

放課後。いつものように、春輝と美来と一緒に教室を出る。帰ったら何しようかなーなんて考えながら廊下を歩いていると、一人の女子と目が合った。

雪村さんだ。

俺と目が合うなり、可愛らしい笑顔を向けるのだが、その奥にはドス黒い何かが隠れているような感じしかしない。

まさに蛇に睨《にら》まれた蛙《かえる》。目を逸《そ》らすこともできず固まってしまう。それでも笑顔を絶やさない雪村さん。あれは、話しかけろと訴えている……気がする。

「あ、お昼の時はどうもです」

引きつった笑顔で軽く頭を下げると、雪村さんは駆け寄ってきた。

「あ、いえいえ、気付けて良かったです！」

そう言って体を少し傾けながら、後ろで手を組む雪村さん。その姿は非常に可愛らしいはずなのだが、裏というか何かがチラついている気しかしない。

と、顔を強張《こわば》らせていると、雪村さんは何かを思い出したかのように、ハッと息を呑《の》んで口元に手を当てた。

「あっ！　自己紹介がまだでしたね！　私ぃ、雪村希って言います。よろしくお願いしますね？」

「お、俺は桐崎《きりさき》冬馬。その……よろしく」

なぜか言葉に詰まる。すると雪村さんは、美来と春輝を交互に見て、眉尻を下げる。分かりやすいくらいに、疑問を浮かべた顔だ。するとそれを察したのか、春輝が自己紹介をする。

「俺は七瀬春輝。よろしく」

すると、また違う意味で何かを察したのか、美来が怪しむような目をしながら自己紹介をする。

「私は浅宮美来。で、冬馬は何やらかしたの？」

そう言ってこっちを睨む美来。俺がやらかした前提とは、これいかに。

「いや、落し物拾ってもらった」

「ふーん。それは良かったね」

そう言って美来は目線を雪村さんに戻す。すると、雪村さんは、眉を引きつらせた。そして軽く頭を下げる。

「っと、今日は失礼しますね！　それでは！　あっ、またお喋《しゃべ》りしてくださいね？」

そう言って最後に軽いウインクを飛ばすと、走り去っていった。

いったい何がしたかったのだ？　と、その後ろ姿を眺めていると、美来が顎に手を添えて意味有りげな口調で話しだす。

「あの子、相当な猫被《ねこかぶ》りよ」

「だろうね」

そう言って相槌《あいづち》を打つと、美来が目を見開いてこっちを見てきた。

「えぇっ⁉　冬馬、分かるの⁉」

「何だよそれ」

まあ好感度が見えてなかったら見抜けなかったかもしれないけど……。

「いやぁ、冬馬は、コロっと騙《だま》されそうかなーって。てか何？　冬馬、最近少し変わった感じしない？」

「えっ⁉　い、いや。ふんっ！　そんなことないやい！」

美来に見破られたような気がした。そんな驚きを隠すように、ちょっと拗《す》ねた言い方をしてみる。すると、春輝が小さく笑った。それを見た美来が今度は春輝に口撃をしかける。

「春輝は、ああいうのに騙されないよね？」

「ん？　まあ。というか美来、嫌いすぎだろ」

「なーんか本能的に嫌なのよね。ああいう裏がありそうな子」

「ははは。まあ、美来は逆に裏表がないからな」

「ちょっと、それ何よ！」

「い、いや！　変な意味じゃない！」

　さすがの春輝も美来には敵《かな》わないようだ。美来が目を細めると、春輝は口角を引きつらせて、早く帰ろうと急《せ》かしてきた。


　そしてその次の日の朝。下駄箱《げたばこ》で靴を脱いでいると、声をかけられた。

「おっはよ！」

「えっ!?　お、おはよ」

　顔を横に向ければ、至近距離に雪村さんの顔が。昨日と変わらず可愛らしい笑顔だ。だが、好感度はマイナスだ。

「あれ？　七瀬くんと浅宮さんは一緒じゃないんだ」

「あー、今日はあの二人、早く来てるんだ」

　と答えたはいいけど、雪村さん俺達がいつも一緒にいるのを知っているんだな。

「そうなんだぁ。ふーん、それじゃね！」

　そう言って雪村さんは階段の方に歩いていった。いったい何が目的なんだ？　疑問を浮かべ、腕を組んでいると後ろから声をかけられた。

「桐崎くん、おはよ」

「ん？　お、おはよ！」

振り返れば柔らかな表情の九条さんが。雪村さんの後だと、やっぱり九条さんは落ち着くなー。と、考えていると九条さんは眉尻を下げる。

「桐崎くん、雪村さんと知り合いだったんだね」

「え？　いやぁ知り合いというか、なんというか」

九条さん、雪村さんのこと知ってるんだ。まあ同じ四天王だし、名前くらい知っててもおかしくないか。

で、何かちょっとテンション低くない？

「そ、それよりさ！　遠足の日だけど、予報だと晴れだって！」

「そうなんだ、良かった！」

そう言って笑ってくれる九条さん。その笑顔を見るだけで、胸の奥が熱くなってくる。

そして、にやけそうになる。

それから九条さんと一緒に、一年生の教室がある四階まで歩いた。

階段を上る途中、まともに会話ができなかった。それでも目が合えば笑みを見せてくれる九条さんに、俺も思わず照れ笑いをしてしまう。

ずっとこれが続けばな。そんな思いを胸に、自分の教室前で九条さんと別れた。教室に入れば美来と春輝が軽く手を挙げる。

「よ、冬馬」

「あっ、冬馬。ちょっとこっち来てよ」

美来が激しく手招きするので、駆け足をする。二人の元に行くと、美来が小声で話し始めた。

「もう、本当どういうこと？　あの雪村さんって子、わざわざ朝の挨拶に来たんだけど！」

「どういうことって言われてもな……。知らないよ」

「はあ……。本当調子狂うわ。なんかやたらと褒めてくるというか、上げてくるというか。それでこっちが適当に褒めると『えぇ～そんなことないよぉ』とか言っちゃって。マジ疲れる」

美来がゲッソリとした顔をしている。明らかに苦手そうだしな、そういうの。

それからいつも通りの一日が始まる……と思っていた。なんと、雪村さん。授業間の休憩や、特別教室に向かう途中、廊下ですれ違う度に挨拶をしてくるのだ。

その度に俺と美来は口角を引きつらせていた。春輝はいつも通りの爽やかスマイル。

そしてやってきた昼休憩。美来は俺の元に来るなり、俺の机を思いっきり叩《たた》く。

「あーっ！　本当調子狂う！　何がしたいのよぉーっ！」

そんな美来を見て春輝が苦笑いを一つ。

「気にしすぎだろ。あれで裏表ないかもしれんだろ？」

「あのね、その時点で春輝も騙されてるから！」

「ははは……」

もう春輝でさえ美来を止められなそうだな。俺はすり足でその場を抜け出し、廊下に出た。

購買に着けば、本日も多くの人で賑《にぎ》わっていた。さてさて、どの列に並ぼうかな？　なんて考えていると、パンと財布と紙パックジュースを、抱えるようにして持っている雪村さんを発見した。

幸いにも、まだこちらには気付いていない様子。さて、どうしようかな？　なんて考えたその時だった。

横に三人並んでる女子のうちの一人と、雪村さんの肩がぶつかった。当たりどころが悪かったのか、雪村さんは手に持った物を落としてしまった。

あれ、ワザと臭いな。偶然ぶつかった強さじゃない。

雪村さんが少し後ろによろめくと、ぶつかった女子は「ごめ〜ん」と言ってどこかに行ってしまった。

そんな女子のことを、気にすることなくしゃがみ込む雪村さん。俺は思わず駆け寄ってしまった。

「大丈夫？」

「あ！　桐崎くんじゃないですか！　やっほ！」

そう言って歯を見せて笑う雪村さん。何というか、どの笑顔も演技臭いというか。

しゃがんで雪村さんが落とした紙パックのジュースを拾うと、どこかが破けてしまっているのか中身が垂れている。

「その……災難だったね」

そう言って立ち上がると、雪村さんは目線を落とす。そして、どこか悲しそうな表情を浮かべた。

「いいんです。割とよくあることなので」

「そっか……」

こういう時、どんな言葉をかければいいのか。返す言葉に悩んでいると、立ち上がった雪村さんが再び笑顔になって続ける。

「ほらぁ、私ってぇ、可愛《かわい》いじゃないですか？　だから嫉妬も多いみたいな？」

「じ、自分で言っちゃうんだ……」

口角を引きつらせながら突っ込むと、雪村さんは頬《ほお》を膨らませる。

「そりゃ自覚あるもん。でもさぁ、なんで桐崎くんは、デレてくれないのかなー？」

「いや、そりゃあね……」

好感度マイナス100と知って、デレデレしてしまう方がおかしいのだが、まあそれは雪村さんの知らないことだ。

「その……雪村さんさ、俺のこと……なんていうか嫌でしょ？」

そう言うと雪村さんは目を見開く。演技っぽいものではなく本当に驚いている。

「ええっ⁉　バレてた⁉　んー、まあ嫌いとかいうより、邪魔かな？」

「ぐっ……。そんなハッキリ言わなくても……」

胸に突き刺さるものがある。物理的に何も刺さっていないはずなのに、胸を押さえてしまう。すると、雪村さんは笑った。

「あはは。でも、すごいね。私の計算だと、デレデレになって、いい感じに仕えてもらう予定だったのに」

何この子。本当恐ろしい。好感度が見えてて良かったって初めて思えたよ。悪い意味で。

「で、結局何が目的だったの？」

「それは勿論《もちろん》、七瀬くんに近づくためだけど何か？」

「いや、そんな喧嘩腰《けんかごし》に言われても……」

「じゃあ私にもデレデレしなさいよ。九条さんみたいに」

そう言って眉をつり上げる雪村さん。

「えっ⁉　く、九条さん？　いやだって九条さんは俺のこと嫌ってないしなぁ……」

呆《あき》れながらそう言うと、雪村さんはプッと小馬鹿にするように笑ってきた。

「なにそれ。自惚《うぬぼ》れすぎ。九条さんだって、七瀬くん目当てで桐崎くんに近寄ってきたんじゃないの？」

「い、いや、そんなこと……」

どうなんだろう……。春輝目当てで女子が俺のとこに来る。これも昔からちょこちょこあったことだ。

もし、九条さんがそうだったら……。辛《つら》いな……。でも、よくよく考えたらそれが一番妥当性があるような気がする。

四天王と呼ばれるような可愛い子と、都合よく仲良くなれるなんて、最初からおかしな話だったんだよ。

でも……いいんだ。たとえそうでも、九条さんは、俺と仲良くしてくれる。好感度100。仕方なく俺と仲良くしてるわけじゃないんだ。それがどれだけありがたいことか。

と、心の整理も終わり顔を上げる。そして雪村さんの顔を見る。

「たとえそうだったとしても、俺は構わないよ」

「ふーん。ちゃんと割り切ってるんだぁ。それじゃあ、私にも協力してよ」

「え？　協力って言われてもなぁ……」

「別に仲良いフリしてくれれば良いよ。顔、引きつらせるの禁止！」

「はぁ……」

少し面倒臭そうなため息をつくと、雪村さんは「それじゃあ、よろしく！」と言って階段を上っていった。

雪村さんと別れた俺は、一旦トイレへ。紙パックジュースの中身を処理して、ベタついた手をしっかり洗った。

ふースッキリ！　と購買に戻ると、人の数は減っていた。これは買いやすくなったなーなんて考えていたけど、パンの数も減っていた。

変なのしか残ってないな。そりゃそうだよな。

ゲンナリしながら、パンを適当に買って教室へ向かう。教室入り口が見えてくると、そこには九条さんがいた。その横顔は何やら困ってそうだ。

「あれ、九条さんどうしたの？」

「あ、桐崎くん。その……」

そう言って教室内に目を向ける九条さん。それをたどるように、俺も教室を覗《のぞ》く。すると何時《いつ》ぞやの光景が。

「雪村さん、どうしたの？」

「良かったらお昼どう？」

「こっち空いてるよ！」

俺の席周りに群がる男子諸君。可愛ければ何でもありのようだ。そんな様子に呆れながら立ち尽くしていると、人混みの中から雪村さんの顔がヒョッコリ出てきた。

「あっ！　桐崎く～ん！　早くぅ～」

「え？　あぁ、うん」

そう言って足を進めようする。すると、シャツの袖口を摑《つか》まれた。振り返れば、不安そうな顔した九条さんが。

「ど、どうしたの？」

袖口を摑まれるという、中々にドキドキするイベントに、驚きながら聞いてしまう。しかし、九条さんは口を結んだまま俺の目を見ていた。

どうしたんだろう？　行きたくないのかな。まあ、人多いし、落ち着かないよね。

「その……場所変える？」

目線だけ向けながら言ってみる。すると、九条さんはスカートと弁当箱の袋をギュッと摑んで、力強く頷《うなず》いた。

何故《なぜ》、言葉を発しない……。

そして空き教室にやってきた俺と九条さん。適当な席に座ってお昼ご飯を食べることに。

九条さんと二人きりでお昼を食べられる！　そんな感じで舞い上がりそうだったのだが、何だこれは……。

てっきり、机を向かい合わせにしてーなんていう憧れのシチュエーションが生まれるかと思ったのだが、横に並んだ状態になっている。

確か春輝とは向かい合わせでお昼してたよな……。この差はいったい……。

それから黙々とお昼ご飯を食べていく。ヤバイヤバイ。話すこと話すこと！　そう悩んでいると、九条さんが沈黙を破った。

「桐崎くんってその……女の子の友達多いよね」

「え？　いや、そんなことはないと思うけど……」

「結衣《ゆい》ちゃんとも、それに……雪村さんとも、すぐに仲良くなってるから」

いや……それは違うよ九条さん。二人ともどっちかっていうと、俺のことよく思ってない側だから！

と、狼狽《うろた》えていると、九条さんは続ける。

「私はその……男の子と話すのが少し苦手だから、桐崎くんみたいに普通に話せるのがうらやましいなって」

「そ、そうなんだ。まぁその……美来と春輝のおかげ？　かな。美来は一番身近な女子だし。それに、女子は基本的に俺に興味ないっていうか、春輝に興味ありだからさ。それが分かってるから、肩ひじ張らずに女子と話せるのかも」

ただ、九条さんの前では、かっこつけたくて肩ひじ張っちゃうんだけどね。と、自虐的に笑うと、九条さんは少し悲しそうに微笑《ほほえ》んだ。

やばい……話題を変えねば……。

「く、九条さんって、いつもお弁当だよね！　もしかして、自分で作ってたりする？」

そう聞くと、九条さんは驚いたのか、目を見開いた。

「う、うん！」

「おぉ！　すごいね！」

い派。

す、すげぇ。毎朝早く起きてお弁当作るなんて……。俺はその時間すら惜しくて寝てた

と感心してると九条さんは続ける。

「そんなことないよ。元気ないときはサボっちゃうから」

「いや、それでもすごいよ！　料理とか好きなの？」

「ううん。特別好きじゃないの。自分のことは自分でやるっていうのが、うちの方針なの」

そう言って微笑んだ九条さん。厳しそうだな。俺なんて、自分のことでさえも母さんに投げっぱなしなのに。

「そっか！　でも本当にすごいと思う！　きっと九条さんの力になるよ」

「ありがとう」

頬を紅潮させながら、優しく微笑む九条さん。なんか顔が熱くなる。調子こいて褒めすぎたかな？

と、何とか会話できた昼休憩。俺と九条さんは、それぞれの教室に戻る。あー夢のひとときだったな。なんて考えながら自分の教室に入ろうとすると、入り口で雪村さんとぶつかりそうになった。

「わぁっ!?」

「うわぁっ⁉　もお……桐崎くんか。ちゃんと前見て歩いてよ。それともぉ、わざと？　私とぶつかりたかった？」

そう言って、雪村さんは意地悪な笑みを浮かべる。

「そんなわけないでしょ」

「なーんだ。あっ！　それはそうと、ちょっと聞いてよ！」

そう言って雪村さんは、俺の襟を摑む。そして人気のない所まで引っ張っていった。

「な、何するんだよ」

「ねぇ、浅宮さんって七瀬くんの彼女なの？」

「はぁ？　いや、ただの幼《おさな》馴染《なじみ》だよ」

「じゃあ、何よ！　あのガード力！　縄張り意識の強い肉食獣みたいな！」

「いや、知らないよ……」

まあ美来はなぁ……。俺や春輝のことについては、何かとオーバーになるからな。

「何とかしてよ」

「いや、何とかって言われても……」

低い声で言われると、頬が引きつってしまう。何とかって言われてもどうしようもないのだ。すると、雪村さんは小さなため息をつく。

「はぁ……。まあそうだよね。それに簡単に事が進んでもぉ、歯ごたえがないみたいな？」

「はぁ……」

美来じゃないけど、俺も調子狂うなぁ。本当にデレなくて良かったと思うよ。

「それじゃ、またね！」

そう言って雪村さんは、走り去っていった。その後ろ姿を眺めながら思う。

こんな調子がこれから続くのかと。先が思いやられてしまうな。

そんな俺の予想は、もちろん外れることなく、雪村さんの接触は毎日のように続いた。

依然として好感度はマイナスのまま。日によっては、マイナス90くらいになったりと、上がったり下がったり。原因が原因なだけに目標の30に到達するのは難しそうだ。


そして、とうとう迎えた遠足の日。朝のホームルームが終わると、一年生全員が外へ動きだす。校門を抜けると、綺麗《きれい》に並んだバスが七台停《と》まっていた。俺たち四組のバスは四番目ということで、バスとバスガイドさんを見ながら歩いていく。すると五美が騒ぎだす。

「うひょー！　二組のバスガイドさん、めっちゃ可愛《かわい》いじゃんよ！」

それにつられ、他の男子達もバスガイドさんをジロジロと見だす。

確かに綺麗な人多いよなぁ。さて、俺達四組のガイドさんはどんな人なのかな？

そして四番目のバスが見えたきた。すると、

「うわぁー！　何故だぁーっ！」

五美が頭を抱え、叫んでいた。まあ言いたいことは分かる。俺達四組のガイドさんは、貫禄溢れる《かんろくあふ》お方だったのだ。

他の男子たちも、あからさまにゲンナリした様子だった。こうしてバスに乗り込んだ俺達。席に座れば、もうお祭り状態で、クラスメイトみんながはしゃいでいた。

もちろん俺もハイテンション。やはりこういうイベントって、いつもとは違う非日常感のようなものがあって、ワクワクするよな。

と、窓から校舎を見ていると、横に座っている春輝が肩を軽く叩《たた》いてきた。

振り向けば、スティック状のポテトスナックを持った春輝が微笑んでいる。

「冬馬、食べるか？」

「まだ、出発してないだろ」

そう笑いながら言うが、お菓子は受け取る。いつも落ち着いている春輝も、この様子だ。

あー楽しみだ！　待ってろよ！　遠足ぅ！

前のバスが発進すると、俺達のバスも続いて発進する。窓に映る景色が移り変わる。まだ見ぬ景色を求め、一年生初の大イベントが始まった。

学校から出発して数分。バスガイドさんによると、目的地まで二時間程かかるとのこと。ガイドさんが丁寧に説明をしているのだが、みんな聞く耳持たずで騒ぎまくっている。そんな調子が続くこと約二十分、バスは高速道路に入った。ここからは変わらない景色だ。ちょっと残念だな。なんて考えてしまったが、さすがはバスガイドさん。ここぞとばかりに、提案を持ちかける。

「みなさんは、映画とカラオケ、どちらが好きですか？」

その言葉に、クラスメイト全員の視線がバスガイドさんに向く。そして「映画！」とか「カラオケ！」などの声が飛び交い始めた。

最終的に多数決でカラオケになったのだが、バスに搭載されているカラオケは古くて、みんなの選曲はやたら渋いものになっていた。

そんな感じで、終始退屈することなく目的地までの移動を楽しんだ。そして長いこと走ったバスが止まった。バスを降りて深呼吸を一回。ここは海が近いらしく、ふんわりと潮の香りが鼻を通った。

バスを降りれば、みんな一ヶ所に座らされ、ありがたいお言葉を頂く。これが面白いことに、頭上の好感度のせいで、前の方の生徒の頭が隠れてしまっている。実生活に影響ありだなこりゃ。そんな状況を少し楽しみながら、長ーいお話を聞き流す。そしてその話が終わると、カレー作りが始まった。

ここからは班ごとに分かれての作業なのだが、俺含め春輝以外が戦力外。野菜のカットはやたらデカイしで、とても良いカレーとは呼べない物ができてしまった。

ま、形が悪くても、みんなで作ったという、いわば雰囲気的調味料のお陰で、カレーはすごく美味《おい》しかった。

そして、とうとうやってきた自由行動。先生からのお約束事項伝達が終わると、一斉にみんなが動きだす。

この時を、どれだけ楽しみにしていただろうか。九条さんと約束してから、今日という日まで。日に日に膨んでいった期待感が今、弾けそうだ。

と、締め付けられるような思いを噛《か》み締めていると、後ろから勢いよく肩を組まれた。

「きーりさきーっ！　アスレチック、行こうぜっ！」

顔を向ければ、無邪気な顔した五美が歯を見せていた。

「え、あぁ……ごめん。その、先約があってな」

申し訳ないと顔を引きつらせながら言う。しかし、五美は止まらない。

「なんだよー、つれないなー。一緒に遊ぼうぜ！」

「あぁ……それが……」

九条さんと二人で遊びたい。なんて言えないんだよなぁ。でも、遊びたい。と、戸惑っていると、

「五美、俺と遊ぼうぜ」

声の方に顔を向ければ春輝がいた。春輝は歯を見せて笑うと、五美の肩に腕を回す。そして半ば強引に五美を引っ張っていった。

「き、桐崎ーっ！」

五美が俺の名を呼びながら片手を伸ばす。

ありがとう、春輝！

五美には申し訳ないが、これで良し。そう安堵《あんど》のため息をついたその時だった。

「桐崎くん、やっほ！」

「ゆ、雪村さん⁉」

今度は雪村さんの登場だ。まさかの事態に目を見開いてしまう。

「ちょっと何その反応。失礼すぎ！　それに顔引きつらせるの禁止でしょ！」

「ご、ごめん。それで何か用？」

九条さんはどこだ⁉　目線をいろんな方向に飛ばしながら、雪村さんに問う。すると雪村さんは、不機嫌そうな顔をする。

「別に桐崎くんに用はないけど？　七瀬くん、どこにいるか知らない？」

「春輝なら、あっち行ったよ！」

大袈裟《おおげさ》に指を差しながら早口で言う。すると、雪村さんは腕を組んで、頰《ほお》を膨らませる。

「なーんか、癇《かん》に障るなぁ。ま、いいや。それじゃね！」

そう言って雪村さんは駆け足で去っていった。今度こそ一安心。もう一度ため息をつくと、またも俺を呼ぶ声が飛んできた。今日一番聞きたかった声！

「き、桐崎くん！　ご、ごめんね、待たせちゃって」

「だ、大丈夫！　そ、そ、それじゃ行こうか！」

いつも以上にたどたどしくなってしまう。ここからは、ふ、二人なんだよな。すごく緊張する。そんな俺の緊張が伝わってしまっているのか、九条さんの表情も硬いような……。

こうして俺と九条さんは、できる限り人目につかないように、フィールドアスレチックが体験できる場所まで移動した。

さて、着いたはいいけど、ここで困ったことが一つ。なんと、アスレチックしかないと思っていたこの場所に、近くの林の中を歩くウォーキングコースなるものが用意されていたのだ。

アスレチックで激しく動くより、まったり歩く方が良いのでは……。そんな悩みが出てきたのだ。

「ウォーキングコースもあるんだね。九条さんは、どっち行きたい？」

チラッと目線だけを向けると、九条さんも目線だけを俺に向ける。

「ウォーキングコースがいいな。まったり歩きたい」

そう言って微笑む九条さん。けど、ちょっと元気がないような？　気のせいかな？　いや、どちらにしろ、盛り上げなくては！

「お、俺も同じこと考えてた！　その……奇遇だね！」

そう言って笑ってみる。すると九条さんも笑ってくれた。そして林の中へ足を進めていく。

柔らかい風が吹いて、葉がサワサワと擦《こす》れる音が聞こえる。鳥の鳴き声もして、とても静かで落ち着く場所だ。

って落ち着いてる場合じゃない。毎度思うが沈黙はダメでしょうよ。

「なんかここ、涼しいよね！」

「うん、気持ちいいよね」

会話が止まってしまう。いつもの、緊張による沈黙じゃなくて、いつもと違う沈黙。なんか、気まずい。

視線は足元に向いてしまう。どうしたんだろう。なんで元気ないんだろう。

俺、なんかしちゃったかな。でも、好感度は100のままだし。俺が原因じゃなかったりするのだろうか。どちらにせよ、力になりたい。

「九条さん、その……何かあった？」

そう尋ねると九条さんは、大きく首を横に振る。

「う、ううん。何もないの。そ、そのごめんなさい……」

「そっか！　あっ！　そうそう。お昼のカレーどうだった？」

そう聞くと、驚いたのか、九条さんは目を見開く。話が唐突すぎたかな？

「美味しかったよ。結衣ちゃんが切った玉ねぎが大きくてね」

そう言って笑いだした九条さん。やっぱり大きく切っちゃう人っているよね。というか如月さん、料理不慣れなのかな？

「あはは、うちも同じ感じ。もう春輝以外ダメダメでさぁ。野菜類全滅」

思い出したら笑えてきた。すると、九条さんもつられてか笑ってくれた。

「七瀬くん、料理得意なの？」

「んー、得意なのかな？　まあ、器用なやつだからね。本当、非の打ち所ないよなー」

そう言って自嘲的に笑う。すると、九条さんは優しく微笑《ほほえ》んだ。

「不器用でも一生懸命な人……素敵だと思う」

そう言って照れたような笑みを浮かべる九条さん。なんだか俺も照れ臭くなってしまうな。

それからバス内での話とか、色々な話をしながらウォーキングを楽しんだ。すると、【中間地点】という標識が見えてきた。

もう半分か、早いなー。と、考えていると標識の陰から人が出てきた。なびく亜麻色のサイドテール。整った横顔と鋭い眼光に好感度25と微妙な数字。あれは……。

「如月さん!?」

「桐崎、選手交代よ！　桃華《ももか》との思い出を独り占めなんてさせないわ！」

ズビシと人差し指を俺に向ける如月さん。驚きのあまり、顔が引きつる。隣の九条さんも驚いた様子だ。

「ゆ、結衣ちゃん!?　ど、どうしてここに？」

「桃華、あたしのセンサを舐《な》めないで！　って、それよりも酷《ひど》いじゃない！　自由行動は先約があるからって！　あたしも桃華と思い出作りたいよー」

涙目の如月さんが九条さんの元へ駆け寄る。そして抱きついた。九条さんは、広げた手で優しく包み込むようにして如月さんを迎えた。

「ご、ごめんね結衣ちゃん。そうだよね。思い出作りしなきゃだよね」

そんな様子を眺めていると、九条さんの二の腕あたりから、如月さんが顔を覗《のぞ》かせる。

その表情は、何やら勝ち誇ったような感じだ。

「それじゃ、そういうことだから！　桃華は頂くね」

如月さんがそう言うと、九条さんは申し訳なさそうな表情でこちらを振り向く。

「俺は、大丈夫！　満足度２００％ってくらい楽しんだから！」

そう言って歯を見せてサムズアップ。すると九条さんは、安心したような優しい笑みを浮かべた。

「ありがとう桐崎くん。行ってくるね」

「うん！　今日はその……ありがとう！　本当に楽しかった！」

本当はちょっと寂しいけど、バレないように大袈裟に笑って手を振る。すると九条さんも小さく手を振って、如月さんと歩きだした。

さて、どうしたものか。ま、歩くか。

一人、トボトボ歩いていく。春輝や美来と合流するにしても微妙な時間だし、呼び出すのも申し訳ないしな。と、大きなため息をつくと、目の前には分かれ道が。

なになに、通常コースと迂回《うかい》コース。へぇ、まあ暇だし迂回するか。

九条さん達は通常コースだろうか。春輝は涼んでいるのかな。美来はアスレチック制覇してそうだな……。と、みんなのことを考えていると、小川が見えてきた。透き通った綺《き》麗《れい》な水。水温が低いのか、近寄ると冷たい空気を感じる。

気持ちがいいな。そんなことを考えながら視線を移す。すると、少し遠くのベンチに人が一人座っていた。

雪村さん……？

目を凝らしてみる。やっぱり雪村さんだ。好感度マイナス１００だし。あんなところで一人、何してるんだ？

気になってしまった。近寄っていくと、雪村さんは、遠い目で小川を見つめていた。物憂げな横顔だ。

「こんなとこで何してるの？」

「げっ⁉　桐崎くん⁉」

声をかけると、相当バツが悪いのか、顔を引きつらせる雪村さん。こんな顔もするのか。

「人を怪物みたいな言い方しないでよ」

「いきなり声かけてくる桐崎くんが悪いんでしょ？」

「そっか、ごめん」

頭を下げて謝る。すると、雪村さんはプッと漏らすように笑った。

「おかしな人」

「元からですよ。で、どうしたの？　元気なさそうだけど」

「別に。ただ、暇してるだけだよ。というか、桐崎くんこそ、何してるの？　一人でこんなところに。友達いないの？」

「い、いや……交代したというか、何というか、急に暇になったというか……。あっ、春輝は誘ったの？」

そう聞くと、雪村さんは視線を落とした。

「勿論《もちろん》振られましたよ？　分かってました」

「そっか。他の友達とかと遊んだりはしないの？」

「あはは、私ぃ、友達ゼロなんです」

そう言って雪村さんは、可愛らしい笑みを浮かべた。とても演技臭い作り笑顔。

「え……そ、そっか。その……ごめん」

地雷を踏んだ気がする。良いフォローもできない。自己嫌悪。

「別に良いですよ？　気にしてないし。慣れっこです」

そう言ってまた笑う雪村さん。俺はどうしていいか分からず困った顔をしてしまう。

「そんな顔しないでよぉ。ほらっ！　私さ、男子からは、ちょー人気じゃん？　女子はそれが気に入らないみたいでね。誰かが私のこと好きになると、なんか盗《と》られたとか、すぐ騒いじゃう始末。女子からの好感度ちょーマイナスみたいな？」

そう言って人差し指を頬に当てる雪村さん。原因とは言わないけど、色々分かってるのに、なんで対策しないんだろう。

「その……なんていうかさ。言ってしまえば、モテないようにしようとかは、しなかったの？　変なこと聞いてごめん」

視線を落としながら聞く。すると雪村さんは、小川に視線を移した。水面から小魚が一匹跳ねる。

「しないよ。自分を殺してまで、そんな付き合いとかしたくないし」

「今の雪村さんは、素《す》なの？」

「えっ……？」

雪村さんの見開いた目が俺を捉える。俺はそれを見つめ返す。

「俺には、今の雪村さんも自分を殺しているような気がするよ」

「ば、馬鹿なこと言わないでよ！」

声を荒らげる雪村さん。開ききった目に、震えている唇。

「あはは、そうやって怒ったりしてる方が、いいと思うよ。作り笑いなんかより、なんかすごく安心する」

そう言うと、雪村さんは口を結んで固まってしまった。そして、顔をプイッと逸《そ》らすと、小さな声で話しだす。

「怒られる方が安心するとか、キモいんですけど」

「あはは……確かに。でも、今の感じの方が良いよ。その……俺に対する感じでいけば、きっと、みんな好感触だよ！」

そう言って笑みを見せる。すると、頬《ほお》を染めた雪村さんが目線だけを俺に向ける。

「い、今更キャラ変えられないよ」

「確かに、難しい……よね。俺も変えたいところはいっぱいあるっていうかさ。でも、変えられっこないやって落ち込むこともあるんだ。でも少しずつ！　みたいな？　ほら、まだ高校生活始まったばっかだし！　なんなら、俺も協力するし。裏表なんて蹴っ飛ばしてさ、素を出してこうよ」

そう言って少し笑ってみる。多分、少しぎこちない笑顔だ。すると雪村さんは、眉尻を下げて口角を上げた。

「やっぱり、おかしな人。邪魔って言っても近寄ってくるし、怒られたいだとか、協力したいだとか……キモすぎるし」

「あはは……すごい言われよう……」

乾いた笑いが出てしまう。口角を引きつらせると、雪村さんは笑った。とても自然な笑いだ。

「ふふ、それじゃ早速協力してよ」

「え？　なになに？」

「その……私と友達になって」

そう言って照れ臭そうな上目遣いをする雪村さん。思わず背筋が伸びる。

「も、勿論！」

そう答えると、雪村さんは文字通り満面の笑みを浮かべた。俺も笑みがこぼれる。ふと、目線を上げれば、雪村さんの好感度は70になっていた。

ば、爆上がりとかいうレベルじゃねぇぞ⁉

これで一件落着。自由行動の終了時間も迫ってきた。俺と雪村さんは、少し早足で迂回コースを歩いていく。その途中、遠慮のなくなった雪村さんは、俺に口撃を仕掛けてくる。

70

「んー、なんで桐崎くんは私にデレなかったのかなー？　如何《いか》にも女子慣れしてなさそうなのに。まあ、七瀬くんがデレてくれないのは分かってたけどねー」

「酷《ひど》いなー。そういえば、雪村さんは、いつから春輝のことが気になってたの？」

「えぇ？　別に気になってないし。ただ大人気の七瀬くんをゲットできれば、私のこと嫌いな女子達に一矢報いてやれるって思っただけ」

「あはは……」

流石《さすが》だなー。乾いた笑いが出てしまう。顔を引きつらせていると、雪村さんは豪快に笑った。

「あはは。もう、それもおしまい！　次はちゃんと好きな人を見つけて、純粋に楽しむ！」

「だね」

「桐崎くんも頑張ってね。九条さん、人気高いからねぇ。私には及ばないけど？」

「んっ⁉　ゲホッゲホッ」

気管に何か入ってしまった。バレてたかー……。

と、からかわれながら、ウォーキングコースを抜けた俺達。林の中を抜けると、燦々《さんさん》と輝く太陽が迎えてくれた。そして、九条さんも迎えてくれた。

「桐崎くん……」

「あっ！　九条さん！　こんなとこでどうしたの？」

また会えた！　そんな嬉《うれ》しさのあまり駆け寄ってしまう。ニコニコと嬉しさいっぱいの笑顔を向けるが、九条さんの表情は沈んでいた。

あれ……どうしたんだろう？

そんな不安が心を覆う。すると雪村さんが、九条さんの隣につく。そして、ズビシと人差し指を俺に向けた。

「言っておくけど。私、友達になってとは言ったけど、それ以上はお断りだから。第一、顔が好みじゃないし。それじゃね！」

えっ……いきなり何？　雪村さんは散々なことを言うだけ言って、ウィンクを飛ばすと、どこかへ歩いていった。

「あはは……無茶苦茶《むちゃくちゃ》だよ」

苦笑いをしながら、九条さんを見る。すると、先ほどまでの暗い表情はどこへやら。なにやら嬉しそうというか、安心したようなというか。九条さんは、口角を上げていた。

「桐崎くん！　集合場所まで一緒に行こ？」

「うん！」

俺が満面の笑みを見せると、九条さんも満面の笑みを見せてくれる。一年生最初のイベント。遠足は最高の思い出になった。

第４章　九条桃華

ここ二日くらいだろうか。放課後とかに、春輝《はるき》の机の上に手を置いている人をよく見る。ただ机に手を乗せて、何をするわけでもなく去っていく。

いったい何がしたいんだ？

そんな疑問を浮かべながら腕を組む朝。一人唸《うな》っていると、五美《いつみ》が俺の元にやってきた。

「桐崎《きりさき》！　はよっす！」

「おぉ、おはよ。どした？」

いやらしい笑みを浮かべる五美。これは良からぬことを考えているに違いない。

「なあなあ、最近流行《はや》りのジンクス。桐崎は試したか？」

「ジンクス？　なにそれ？」

「かーっ！　やっぱしかーっ！　しょうがない！　教えちゃる！」

掌底を額に当てて、上を向く五美。その露骨なしょうがない感に、ため息が出てしまう。

「なんでもよ。右手に好きな人のイニシャルを書いた紙を持ちながら、好きな人の机に五秒間、左手を置くと思いが届くだとか」

「あー、そういう系か」

よくあるやつだ。中学の時もあったたな。携帯電話の待ち受けを、金髪の歌手の画像に設定すると幸せが訪れるだとか。

と、少し呆《あき》れながら返事をすると、五美がまたいやらしい顔をして鼻の下を擦《こす》り始めた。

「そんでよ。今さっき、希《のぞみ》ちゃんの机を触りに行ったわけよ。そしたら、偶然にも希ちゃんに見られてよぉ。へへ、そしたら『何してるの？　キモいんですけど？』だってさ。あぁ～ゾクゾクしちゃったな。希ちゃん、雰囲気変わったけど、あの感じの方が俺的にはグッドなんだよなぁ」

なんか語りだしたな。五美、そういう趣味があったとは……。というか雪村《ゆきむら》さん、素《す》を出し始めてるみたいだ。なんか嬉しい。

「てか、五美。それ、早速思い届かない感、出てない？」

俺がそう問うと、五美はやれやれと言いたげなポーズをとって、首を横に振る。

「ったく、これだから。いいか？　桐崎ボーイ。女の子って照れ隠しするもんなんだよ。本心を隠すために、思ってないこと言っちゃったりするの！　つまり希ちゃんは、俺が好き。証明終了！」

「はぁ……」

訳が分からない。しかし突っ込んでも五美には敵《かな》わないだろうな。ここは、適当に相槌《あいづち》を打っておこう。

しかしジンクス……か。まあ、それで思いが届くなら苦労しないよな。でも……やるだけ、やってみても……なんて。

それから本日も学校生活が始まるのだが、授業間の休憩や昼休憩の時、机に触れている人をやたら発見した。

ジンクスの力すげぇ……。女子は春輝や他の人気男子の机を触り、男子は教室を勢いよく飛び出したりで大忙し。勿論《もちろん》、俺の机に触れる人なんて一人もいない。

というか……春輝の机に触れてく他クラスの女子は、総じて好感度が30を下回っているのは酷《ひど》いと思います。同じクラスの人は、春輝に話しかける機会が多いから、俺が邪魔になっていないのかもしれないな。

そしてやってきた放課後。ここまで来ると俺もやってみたい……なんていう、ちょっとした思いが出てきた。

ノートの端っこを小さく切って、シャーペンを握る。そして【M.K.】と書いてみた。

なっ……何してんだよ俺！

すっごく恥ずかしくなってしまった。思わず顔を埋《うず》めてしまう。そして、顔をガバッと上げる。

誰も見てないよな？

辺りをキョロキョロと見渡してみる。よし、誰も俺を見ていない。春輝は美来《みく》とお喋《しゃべ》り中だし。助かった……。

と、安堵《あんど》のため息をつくと、お喋りが終わった春輝と美来が俺の元に来た。

「さて、帰ろ」

美来が微笑みながら言う。俺は紙切れをそっとポケットにしまった。

「あー、ごめん。ちょっとお腹《なか》痛いからさ、先帰っててよ」

引きつった笑顔を向けてみる。すると、春輝が心配そうな表情を浮かべた。

「大丈夫か？　別に待っててもいいよ」

「い、いや！　そんな大事《おおごと》じゃないから！」

身振り手振りで激しく訴える。すると美来は目を細めた。

「ふーん。ま、いいけど。んじゃ春輝帰ろっか」

「おう。じゃあまた明日な」

こうして春輝と美来は教室を出ていった。咄嗟《とっさ》の思いつきで二人を帰してしまった。こうなったら実行するしかない！

一旦、深呼吸をして時間を置く。そして教室の扉から顔だけを覗《のぞ》かせ、知人がいないことを確認した。

よ、よし行くか！

九条《くじょう》さんの教室を目指して歩いていく。足を進める度に心臓がバクバクとし始めた。

や、やましいことをしようとしている。そんな自覚があるのだろう。胸の奥がツーンとなって、口の中がカラカラになる。

そして、六組の前に着いた俺は、教室を覗く。

な、なんだ。この光景は……。

驚くことに、九条さんの机を四人の男子が囲んでいた。それぞれが左手を机に置いてるせいか、儀式のような光景になっている。ちなみに九条さんの机に触れている人の好感度は30を下回っている。

マークされているんだろうな……。

そして、また違う机でも同じような光景が。恐らく如月《きさらぎ》さんの席であろう……。

はぁ……さすがは四天王《してんのう》ということなのか。あの中に入っていく勇気は、俺にはない。

帰りましょう。

残念だな。そんな思いを胸に、トボトボと廊下を歩いていく。そして、自分の教室前に着いた俺は、入り口で立ち止まってしまった。

なんと、教室内に九条さんがいるのだ。そしてなぜか、俺の机の前に立って、握り合わせた両手を胸に押し当ててる。

「九条さん！　何してるの！」

「き、き、桐崎くん⁉」

俺が急に声をかけてしまったせいか、異様な驚きようの九条さん。見開いた目を俺に向けて、サッと両手を後ろに隠した。

こんな所で九条さんに会えるとは！　ラッキー！　そんな嬉しさを噛《か》み締めながら九条さんの元へ行く。

「どうしたの？　何か用があった？」

ニコニコと嬉しい笑顔を向けながら聞くと、九条さんは力強く何度も首を縦に振る。

「そっか！　まだ帰らなくて良かった！　それでどうしたの？」

「え、えっとね。その……何でもないのっ！」

若干涙目になりながら前のめりになる九条さん。用があるのにないとはいったい……。

「そ、そっか！」

なんて返せば良いのか分からない。苦笑いしながら言うと、九条さんは口を結んで俯《うつむ》いてしまった。

ヤバイヤバイ。返答間違えたかも……。話を変えねば！

「あっ！　そうだ！　折角《せっかく》だしさ、そ、その、一緒に帰りませんか⁉」

また何故か敬語が出てしまった！　前のめりになって誘ってみる。すると九条さんは、目を泳がせた。そして、深々と頭を下げる。

「ご、ごめんなさい！　駄目なのっ！」

えぇーっ⁉　断られちゃったよ。心が砕ける音が、聞こえた気がした。

「そ、そっか！　そ、それじゃまたね！」

「う、うん！」

できる限りスマイル。手を振って別れの挨拶をすると、九条さんは左手をヒラヒラと振ってくれた。

はあ……。ごめんなさいに駄目か。駄目ってなんだろう……。

い、いや、一回断られただけだ。それに好感度はまだ100。めげることはない！　でも凹《へこ》むなぁ……。

　肩を落として一人帰るのであった。


　気が付けば、六月ももう下旬。もうすぐで、忌々しきテスト週間なるものがやってくる。テストの一週間前くらいは、自主的な勉強をせよとのことで、帰りの寄り道や、休日のお出かけは控えるように言われている。

　つまり、テスト週間に入ってしまったら、放課後に九条さんをお出かけに誘えないということなのだ。

　これは一大事。テスト週間に入る前に、九条さんと一回は遊びたい！　ということで俺は、放課後に九条さんの教室まで足を運んだ。

「九条さん！」

「あっ、桐崎くん。どうしたの？」

　駆け寄ってくる九条さん。呼んだら来てくれる。当たり前になりつつあるけど、嬉《うれ》しいことだよな。

「あ、あのさ、今日の放課後、どっか寄り道とかしない？　あ、ソフトクリームとか！」

勇気を振り絞り、脇を締めながら誘う。すると、九条さんは目を輝かせた。しかし、すぐに沈んだ表情を見せる。

「ごめんなさい。行きたいけど、テスト勉強しないと」

「えっ？　まだ、テスト週間前だけど」

九条さんの煮え切らない回答に、疑問を浮かべる。すると九条さんは首を横に振った。

「その……中間テストの成績があまり良くなくて、これ以上は落とせないの」

「そっかぁ。ちなみに何位だったの？」

「8位だよ」

ん？　8位って、悪い成績だったっけ？　36位の俺は極悪だということになるのでは。

「いやいや、かなり良くない？　え？　学年でだよね？」

焦りながら聞くと、九条さんはコクリと小さく頷《うなず》く。

「お母さんとの約束なの。卒業まで、学年一桁以内をキープする。そして良い大学に入る。それが、この学校に入学させてもらう条件だったから、頑張らないと」

はぇ〜。厳しいなぁ。そういえば、如月さんが言っていたな。九条さん、最初はこの高校を受験する予定ではなかったって。恐らく、当初の予定では超難関高校に行く予定だったとかなんだろうな。

「そっか！　それじゃ、しょうがないね。テスト頑張ろうね！」

残念。だけど、約束なら果たさなきゃいけないよね。九条さんが頑張るんだ。邪魔しちゃいけないし、応援すべきだよな。

九条さんに笑顔を見せて、俺は自分の教室に戻る。すると、美来が俺の元にやってきた。

「あれ一人？　どした？　フラれた？」

「いや、その言い方。まあ、そんなところ。九条さん、一足先にテスト週間なんだってさ」

そう言うと、美来は口を大きく開けて驚いた様子を見せる。

「ええ!?　もう？　まあ、真面目そうだもんね」

「まあね」

本当に真面目だと思う。俺だったら今日くらいいいかな！　なんて考えちゃいそうだし。

さて、帰るか。鞄《かばん》を背負って教室入り口の方を向く。すると、美来に肩を摑《つか》まれた。急に摑んでグイッと引き寄せるものだから、倒れそうになる。

いきなりなんだよ。そう思いながら、美来の顔を見る。すると、何やら考えがあるのか、口角を上げて、したり顔をしていた。

「ねえ、冬馬《とうま》。テスト週間中でも、友達とかと一緒にできることってなーんだ？」

「はあ？　なぞなぞか？」

「違う違う！　もお……ピンときなさいよ！　テスト勉強！　一緒にすればいいじゃない」

「なるほど！」

その手があったか！　勉強もできて、九条さんと一緒に時間を過ごせる。一石二鳥とは、まさにこのこと！

そうと分かれば、実行するのみ。善は急げと、美来にお礼を言って、再び九条さんの教室へ向かった。

幸いなことに九条さんは、まだ教室に残っていた。安堵のため息を一息つき、再び九条さんを呼ぶ。

「九条さん！」

「あれ、桐崎くん？　どうしたの？」

不思議そうな表情を浮かべる九条さん。本日二回目のお誘い。緊張する。

「あ、あのさ。テスト勉強なんだけど、一緒にできないかなーなんて。あはは……」

後頭部をかきながら言ってしまう。ビシッと誘えばいいのにと、少し後悔。

と、自信なげに九条さんの目を見ると、見開いた目で見つめ返してくれた。そして、嬉しそうな表情を浮かべてくれた。

「うん！　大丈夫だよ！」

や、やった！　やったぞー！　本当、美来には感謝だな！

込み上げてくる嬉しさ。隠したいけど、隠せない。俺はニヤけた顔を隠そうと、九条さんに背を向けた。

「そ、それじゃあ、図書室行こっか！」

「うん！」

こうして、図書室にやってきた俺と九条さん。図書室は、やっぱり静かだ。人はそこそこ多いのに、誰一人騒いでいない。

図書室に入ってすぐのところには、沢山の机が設置されている。俺と九条さんは、向かい合うようにして座った。

「よ、よし！　じゃあ勉強始めよっか！」

「うん」

俺は鞄から、宿題として出されたプリントを取り出す。九条さんは、数学の問題集を取り出した。

そして筆記用具を用意。俺は九条さんに貰《もら》ったシャープペンと消しゴムを取り出す。九条さんは、なんと俺が受験の時に渡したシャープペンを取り出した。

「あっ、まだ使ってくれてたんだ！」

嬉しさのあまり、大きな声が出てしまう。すると九条さんは、慌てふためいた様子で、人差し指を唇に当てた。

「っと、ごめんごめん」

周りを見渡すと、真面目そうな生徒がこっちを見ていた。そして好感度を2ほど下げていく。迷惑をかけてしまったな……。そう思い、ヘコヘコと頭を下げる。すると、九条さんは、小さく笑った。

「ふふ。まだまだ現役だよ。大事な物だから」

そう言って優しい笑みを浮かべる九条さん。大事な物か。なんだか嬉しいな。

それから、黙々と互いの勉強を進めていく。途中、俺は目線だけを九条さんに向けて、顔を盗み見てしまう。

集中している九条さん。綺麗《きれい》だな。どこか儚《はかな》い雰囲気を醸し出していて、髪を耳にかける度に、胸が高鳴ってしまう。こうして、一緒に勉強できるなんて、本当に幸せだよな。

シャープペンの芯がノートに擦《こす》れる音だけが響く図書室内。しばらくして、宿題を片付けた俺は、伸びをしながら時計を見る。

結構集中したな。でもまだまだ！　九条さん、まだ勉強してるし。俺もテスト対策始めよう！

そう思い、俺も数学の問題集を取り出す。そして、テスト範囲にあたる単元の、応用問題に挑戦してみた。

むむむ……。やはり、応用というだけあって、難しいな。

シャープペンの消しゴムカバーを、こめかみに当てながら悩む。すると、九条さんが顔を上げた。

「どうしたの？」

「ん？　あ、いやー、ちょっと躓《つまず》いてね」

そう言って苦笑いすると、九条さんは少し身を乗り出す。

「あ、ここはね……」

突然、目の前に近づいてきた九条さんの顔。俺は目を見開いたまま、固まってしまう。

すると、九条さんとバッチリ目が合ってしまった。その瞬間、九条さんも固まってしまった。

「あっ、いや、その……ごめん！」

「う、ううん！　私の方こそ、ご、ごめんね！」

勢いよく席に座る九条さん。もう恥ずかしくて、視線を落とすしかなかった。ドクドクと脈打つ心臓。九条さんに聞こえてしまうんじゃないかと、不安がよぎる。そっと目線だけを上げると、九条さんも顔を少し伏せながら、俺を見ていた。

流れる沈黙。急に何も話せなくなる。どうしていいか分からなくなっちゃうよ。

と、雰囲気に浸っていると、九条さんが沈黙を破った。

「つ、続きしよっ。ど、どこだったっけ？」

「あ、え、えっとここなんだけど……」

それから、九条さんが懇切丁寧に説明をしてくれた。答えを言うのではなく、ヒントをくれるような感じ。ジワジワと理解ができて、最後は「あっ！」と言いたくなるような気付きが生まれた。

「九条さん、教えるの上手《うま》いね！」

「そ、そんな！　あ、ありがとう」

頰《ほお》を紅潮させる九条さん。褒められるのには弱いのかな？

それから九条さんは、ちょこちょこと俺の面倒を見てくれた。そのお陰か、数学はバッチリいけそうな気がしてきた。

「ごめんね。なんか、教えてもらってばかりで」

「ううん、いいの。桐崎くん、真剣に聞いてくれるから、すごく楽しい。それに解説してるとね、自分が何となくで理解してたことが、浮き彫りになったりして、寧《むし》ろ勉強になるの」

「そっか！　ありがとう！」

それから、お互いの切りがつくまで、勉強をした。気付けば、窓から入る光はオレンジ色に染まっていて、周りの人はいなくなっていた。

「んー、いっぱい勉強できたー！」

伸びをしながら言う。すると九条さんは小さく笑ってくれた。

「ふふ、お疲れ様。私も集中できて、すごい充実感」

「だね！　さて、帰ろっか！」

「うん！」

荷物をまとめて図書室を出て行く。そして、お互い無言のまま廊下を歩いて行く。気づけば、昇降口に着いてしまった。

今日はもう、お別れか。結構長いこと一緒にいたから、なんか別れ難《がた》いな。もう少し、一緒にいたいよ。

「あ、あのさ、九条さん」

思った以上に出ない声。声が小さかったせいか、九条さんは顔に疑問を浮かべている。

「その……途中まで、一緒に帰れないかな」

目を伏せながら誘ってしまう。

「うん！　帰ろっ」

目線を上げれば、九条さんは、ニコッと笑顔を向けてくれていた。胸の奥がくすぐったくなる。

こうして俺は、別れるまでの道のりを楽しんだ。一緒にいられる時間の延長。それもあっという間に終わってしまった。

「それじゃまたね」

「うん！　またね！」

俺が手を挙げると、九条さんは、手をヒラヒラと振ってくれる。そして俺に背を向けた。

「九条さん！」

咄嗟《とっさ》に出た声。思わず呼び止めてしまった。不思議そうな顔で、振り返る九条さん。

ドキドキする。夕日をバックに笑みを見せる、その儚げな立ち姿。伝えたいことは沢山あるのに、どんな言葉を並べればいいか分からなくなってしまう。

「ま、また明日！　明日も一緒に勉強しよっ！」

「うん！」

満面の笑みを浮かべ、頷《うなず》く九条さん。別れ難さからくる寂しさも、明日また会える喜びが塗りつぶしてくれた。


そして、高校一年初の期末テストが終わった。各教科のテストが終わる度に、クラスメイトは「終わったわ」とか「全然できなかった」と口にしていた。俺はというと、早めにテスト勉強し始めたおかげか、若干の手応えあり。

中間よりも順位上がるといいな。

そして期末テストが終われば、待ち受けているのが夏休みだ。過ぎゆく日々を指折り数えていく度、浮ついた空気が濃さを増していく。

夏休みか！　夏といえば、海にプールにバーベキュー！　流しそうめんにキャンプと、イベント目白押しだ。

今までは、そのイベントを幼《おさな》馴染《なじみ》組だけで楽しんでいたが、今年の夏は果たしてどうだろうか。

九条さんも一緒に楽しめれば！　くっくっく……。考えるだけで、気持ちの悪い笑いが漏れてしまう。

と、そんな感じで廊下を歩いていく。その途中、周りから気味悪がられるような視線を感じたが、ノーダメージ。購買でパンを調達した俺は、早足で教室に戻ってきた。

「桐崎くん、おかえり」

「おう！」

お弁当を広げた九条さんが笑顔で迎えてくれる。美来と春輝も弁当を広げて、俺を待ってくれていた。

こんな生活が始まって、もう二ヶ月近くか。この光景もすっかり定着したな。

俺が席に着くと始まる昼ご飯。話題を切り出すのは、俺だ！　勿論《もちろん》、夏休みについて。

「あのさ！　夏休みなんだけど、今年も色々行くじゃん？」

「うん。それがどした？」

美来め、察しが悪いな。

「いや、その……九条さんも一緒にどうかなーと思ってさ！」

「おー！　そうだね！」

楽しそうに頷く美来。春輝も笑顔で頷いてくれた。横の九条さんは、顔に疑問を浮かべている。

「九条さん！　その……夏休みさ、俺達と遊ばない？」

「えっ……！　うん！　遊びたい！」

満面の笑みを浮かべる九条さんが、目を輝かせて、前のめりになってる。

うひょー！　やったぞ！　夏休みも会える。二学期まで待つ必要がないぞ！

歓喜に震え、握り拳を震わせる。横では頬が紅潮した九条さんが、目線を落として、モゾモゾと体を動かしていた。

「嬉《うれ》しい……。夏休みに遊びに出かけられるなんて、あまりなかったから」

九条さん……。よぉーっし！　絶対最高の思い出にするぞ！

そう意気込んでいると、美来が優しい笑みを浮かべる。

「ふふ、いっぱい遊ぼ！」

すると春輝も爽やかなスマイルを一つ。

「だな。高校の夏は三回しかないし、全力で楽しもうな」

それから、俺達が計画している夏休みイベントを九条さんにプレゼンした。どの計画も、目を輝かせながら聞いてくれる九条さん。そんな様子を見て、俺の胸中には、楽しみや期待感、待ち遠しさが、はち切れんばかりに膨らんでいった。

それからというもの、俺はフワフワと浮ついた気持ちのまま、学校生活を送っていた。

そして、夏休みまであと、四日となった今日。期末テストの順位が発表された。

帰りのホームルーム。担任の先生が、生徒一人一人に順位の書かれた紙を配っていく。

俺は祈るように目を強く瞑《つむ》りながら、紙を握りしめる。そして、ゆっくりと目を開けた。

あ、上がってるー！　結構上がってるぞ！

なんと学年で20位。俺たちの学年は約２８０人いる。その内の20位って、結構良くない？　早速自慢だ！

春輝は頭良いのでスルー。取《と》り敢《あ》えず美来の元へ。

「よぉ、美来ぅ～。順位はいかがだったかな？」

腕を組みながら、ドヤ顔で聞いてみる。すると、美来は目を細めた。

「は？　何そのウザいノリ」

「ふっふっふ。聞きたまえ。20位ぞ？　我、20位ぞ？」

「ふーん。残念ねー、冬馬ぁー。こっちは、17位ですけど？」

思考が石化した。美来には勝ったと思ったのに……。俺とどっこいどっこいの美来には勝ったと思ったのに！

「すんませんでしたー！」

敗者は地に伏せるのが、お約束。俺は土下座した。

「ふんっ！　分かれば良いのよ」

「くっそぉー。何で美来も成績上がってんだよ」

「春輝に色々教えてもらったからねぇ。冬馬が九条さんに、ちょっかい出してる間にね」

勝ち誇ったような、意地悪な笑みを浮かべる美来。くそぉ、美来もその手を使っていたのか。

「俺だって九条さんに色々教えてもらったのに！」

「ふーん。ま、結果が全てよ」

「くぅ〜」

言い返す言葉がない。俺は逃げるように美来の元を去り、春輝のもとへ行った。

「よっ、冬馬。どうだった？」

「美来に負けたよ……。20位だった」

「はは。まあ、美来も頑張ってたしな」

「くそぉ。んで、春輝は？」

「2位だった」

「かーっ！　次元が違うな」

俺の順位の一桁目を削《そ》ぎ落とした結果かよ。【天は二物を与えず】、俺はこの言葉を信じないぞ。

虚《むな》しさのあまり、頭を抱える。まあ、でも冷静に考えれば、好成績なんだ。そうだ！　九条さんにお礼を言いに行こう！

ホームルームが終わってすぐ、九条さんの元へ駆けていく。六組の教室へと顔を覗《のぞ》かせ、九条さんの名を呼んだ。

俺の声に振り返る九条さん。顔がチラッと見えたその時、九条さんの表情が沈んでいるような気がした。しかし、俺の方を向くと、笑顔になっていた。

「九条さん！　期末の結果きた？」

「うん」

「俺、結構上がってさー！　九条さんに色々教えてもらったから、お礼言いたくて！」

「良かった！　おめでとっ！」

興奮しながら言う俺に、優しい笑みを見せてくれる九条さん。俺はそのテンションのまま、質問を投げてしまった。

「九条さんはどうだった？」

その質問に、九条さんの眉毛がピクリと動く。

「私は……落ちちゃった……。10位だったよ」

「えっ……」

ぎこちない作り笑顔を見せる九条さん。

テスト勉強始める時、これ以上落とせないって……。お母さんとの約束で、一桁をキープしなきゃいけないって……。

俺が、邪魔しちゃったのか……。九条さん、自分の勉強そっちのけで、俺の面倒見てくれてたし……。

九条さんと一緒にいたい。そんな俺のエゴで、九条さんに迷惑をかけてしまったんだ。

「その……ごめん九条さん……」

「えっ⁉ き、桐崎くんが謝ることじゃないよ！ 私がちゃんとできなかっただけだから」

そう言って九条さんは優しく笑ってくれた。九条さんは自分のせいだと言っている。それでもやっぱり、罪悪感にも似た気持ちが俺の心を塗りつぶした。

次の日の朝、教室で春輝と美来と雑談をしていると、どこか沈んだ表情を浮かべる九条さんがやってきた。

どうしたんだろう……。

嫌な予感がする。いつもなら「おはよっ！」と言って手を挙げるところだが、声も出なかった。美来と春輝も、何かを察したのか、心配そうな顔をしている。

するとと九条さんが微笑《ほほえ》んだ。ぎこちなく、少し悲しそうな笑顔だ。

「おはよ」

「お、おはよ！」

できる限りスマイル。でも自然な笑顔ができなかった。挨拶を返すと、九条さんは申し訳なさそうな表情を浮かべる。

「あ、あのね、みんなに謝りたくて……。その……夏休みのことなんだけど、遊びに行けなくなって……。せっかく誘ってくれたのに、ごめんなさい」

そう言って軽く頭を下げる九条さん。その言葉に美来と春輝は唖然《あぜん》としている。

きっと、テスト順位が関係している。約束が果たせなかったから……。

「そ、そうなんだ。あ、謝ることないよ！　夏休みは来年またあるし！　うんっ！」

精一杯の笑顔を向ける。すると九条さんは、小さく頷いて微笑んでくれた。

「ありがと。また誘ってくれると嬉しいな。本当にごめんなさい」

そう九条さんが言うと、美来が九条さんの肩に手を置いた。

「謝ることないって言ったでしょ？　その分二学期に沢山遊びましょっ！　文化祭に体育

祭！　二学期の方が楽しいかもよ？」

そう言って歯を見せる美来。春輝も柔らかな笑みを浮かべる。そんな二人を見て、九条さんは安心したような顔をしていた。

楽しみにしていた夏休み。九条さんも楽しみにしてくれてたはずなのに。

俺は……間違えたかもしれない。


そしてやってきた終業式。校長先生からのありがたいお言葉を頂き教室に戻ると、クラスメイトが騒ぎだした。

高校生活初の夏休み。学校生活からの解放感は大きなものだ。けど、俺はみんなと同じようには、はしゃげなかった。

一学期最後のホームルームを終え、帰り支度をする。そして廊下に出ると、そこには九条さんがいた。目が合うと、ニコッと優しい笑みを浮かべてくれる。

「桐崎くん！」

「く、九条さん」

思わず、目を逸《そ》らしてしまった。すると九条さんは、一歩、俺の方に寄る。

「一学期、終わっちゃったね」

「だね。なんか、色々あって楽しかった」

そう言うと九条さんは、静かな微笑みを見せる。

「ふふ。本当に、あっという間だったね。それじゃあ……またね」

「うん。またね」

そう返すと、九条さんは微笑んでくれた。そして、手を振って体の向きを変えた。

これで終わり……か。もう二学期まで会えないのか。寂しいな。

離れていく九条さんの背中。目線がその姿を追っていく。

「九条さん！」

咄嗟《とっさ》に出た声。大きな声で呼び止めると、不思議そうな顔をした九条さんが振り返った。

「あ、あのさ！　夏休みの間さ、その……　LaIN　してもいいかな……？」

「うんっ！」

満面の笑みを見せてくれた九条さん。会えなくても、連絡くらいなら……いいよね。

お返しに俺も笑みを見せると、九条さんはまた手を振ってくれた。そして、六組の教室へ入っていった。

九条さんの姿が見えなくなっても、廊下の真ん中辺りを、ボーッと眺めてしまう。

さて、帰るか。回れ右をして、トボトボと歩いていく。

帰り道。ハイテンションな美来と春輝と、肩を並べて歩いていく。俺もできる限り、そのテンションに合わせて雑談を楽しんだ。

家に帰れば、元気な母さんが開口一番、通知表の要求をしてきた。気怠《けだる》げに渡すと、母さんは目ん玉ひん剝《む》いてそれを眺める。そして、満足げに頷《うなず》いた。

「よしっ！　行ってよし！」

「うぃっす」

通知表を返してもらい自室へ。鞄《かばん》を放って、部屋着に着替えて、ベッドに仰向《あおむ》けになる。

夏休み、始まったんだな。あんなにも楽しみにしていたはずなのに、この気持ちはなんだろう。

やり場のないこの気持ち。天井をボーッと眺めていると、スマートフォンの通知音が鳴った。画面を見ると、九条さんの名前が表示されていた。

「一学期お疲れ様！　夏休み、いっぱい楽しもうね！　二学期に沢山、お話しできるの楽しみにしてるね！」

このメッセージの後、うさぎがサムズアップしてるスタンプが一つ送られてきた。

九条さん……。気遣ってくれてるのかな。楽しもう……か。そうだよな。楽しまないとな。楽しい思い出作って、来年、九条さんが行きたいって思ってくれるような話ができるようにしないと！

俺は心に決めた。九条さんが夏休み、どう過ごすかは分からない。それでもきっと、自分の為《ため》に頑張るんだ。俺は俺の為に、頑張る時は頑張って、楽しむ時は楽しむ。それが九条さんに心配をかけないことに繋《つな》がる。そう思った。

それから日々が過ぎていく。俺は一日に一通は九条さんにLaINをするように心がけた。宿題がどこまで進んだだとか、夏季限定のコンビニスイーツが出たとか、他愛《たあい》もない会話。

文面だけでは、九条さんの表情や好感度は分からない。でも、楽しそうな返事をくれる九条さん。俺の自己満足かもしれないけど、九条さんを楽しませてあげられればと、強く思った。

そして、更に日々は過ぎていき、夏休みも中盤に入った。今日は幼《おさな》馴染《なじみ》組でバーベキューだ。電車で一時間半かけて、やってきたバーベキュー場。

山の中だけあって、周りは青々とした葉を付けた大きな木に囲まれている。そして真っ白な石が転がる河原に、透明感あふれる大きな川。バーベキューには打ってつけだ。

道具はバーベキュー場を運営している人からレンタルして、自分達で持ってきた食材を焼いていく。

みんなで分担を決めて準備を行い、バーベキューが始まった。

タープの陰に置いたアウトドアチェアに座って肉や野菜を食べる。いつも一緒にいるのに、尽きない話題。楽しく盛り上がっていると、美来が少し寂しそうな顔をした。

「九条さん、何してるかな」

すると、春輝も憂いを帯びた表情を浮かべる。

「すごい楽しみにしてたのにね」

ふと、頭に浮かぶのは、目を輝かせていた九条さんの表情。そして、嬉《うれ》しそうにモゾモゾと体を揺らしていたその姿。

九条さん……。いかんいかん！　重い空気になっては駄目だ。決めただろ。いっぱい楽しんで、九条さんが来年来たくなるような思い出にするって。

「ふ、二人とも！　空気が重いぞ！　二学期に九条さんと会った時に、楽しく話せるように楽しまないと！」

力こぶを作るポーズを取って、満面の笑みを作る。すると、美来が優しい笑みを浮かべた。

「そうね。一番会いたがってる冬馬に言われちゃ、仕方がないか！」

美来の言葉に春輝も頷《うなず》く。

「だな。楽しまないとな」

それから俺達は、沢山食べて、冷たい川の水に足をつけたり、水切りをしたりして、いっぱい楽しんだ。

気付けば、空の色は若干黄色がかってきていた。

沢山遊んだな。高校生活初の夏休み、最後の大きなイベント。九条さんに話したいことが沢山だ。

その帰り道。揺れる電車の窓からオレンジ色の光が差し込む。空は、藍色からオレンジ色のグラデーションになっている。それを見ると、どこか心の隙間を感じてしまう。

ふと目を横に向ければ、疲れてしまったのか美来は寝ていた。

俺も疲れたな。沢山はしゃいだし。瞼《まぶた》が重い。コクリと頭が落ちそうになる。すると、春輝が俺の名を呼んだ。

「なあ、冬馬。九条さんとは、連絡したりしてるのか？」

「え？　あぁ、うん。毎日、LaIN してるよ」

「そっか。良かった」

「うん」

　止まる会話。車内は静かで、電車が走る音だけが響いている。そして、建物の影が車内を通過していく。

　流れる沈黙。今まで感じたことのない、春輝との気まずさのようなもの。ふと、目線だけを向ければ、春輝は俺を真っ直《ます》ぐに見ていた。

「冬馬、このまま会わなくていいのか？」

「えっ……？　い、いや……無理だよ。九条さんには九条さんの事情があるし、人の家の事情に、首突っ込めないよ」

　そう言うと、春輝は眉間に少ししわを寄せ、俺の肩に手を置いた。その際好感度が80から78に下がってしまった。春輝の好感度に変動があるのは初めてだ。

「確かにそうだけどさ。それで冬馬が気持ちを殺しちゃっていいのか？　冬馬はどうしたいんだよ」

　強い口調の春輝に少し怯《ひる》んでしまう。

　どうしたい……。そんなの勿論《もちろん》、会いたいよ。笑った顔。驚いた顔。泣いた顔。その全てを今すぐ見たい。

「一回でもいいから、遊びたい」

　言葉が漏れた。すると、春輝はニッと歯を見せて笑った。その時、春輝の好感度が80に戻った。

「だったら行動あるのみだな！　当たって砕けろ！　断られたらそれこそ、二学期まで待てばいい。何もしないのに諦めるなんて、俺の知ってる冬馬じゃないぜ」

「春輝……。だなっ！　ありがとう！　俺、砕かれにいくわ！」

「うん。頑張れ！」

　春輝のおかげで、心の何かが取れた気がする。知らぬ間に刺さっていた棘《とげ》が、抜け落ちたような、そんな感覚だ。


　家に着けば、もう空は真っ暗。時は夜八時。沢山遊んだせいか、疲れがドッと押し寄せてくる。けど、疲れてる場合ではない。

　ご飯と風呂を早く済ませ、俺は自室に入る。そしてキャスター付きの椅子に深く座った。

　スマートフォンを手に取り LaIN を開く。

　画面をスクロールし、九条さんのプロフィールをタップする。そして、無料通話のボタンを押した。

静かな俺の部屋。右耳に軽快なコール音が響く。九条さん、出てくれるかな。そんな不安を抱きながら祈る。そして、三回程鳴ったその時。

「桐崎くん？」

出てくれた！

久々に聞いたその声。なんで電話してきたのか、と言いたげな口調で俺の名を呼ぶ声。

「いきなり電話してごめんね。その……今から時間貰《もら》える？」

「うん、大丈夫だよ」

「良かった！」

「ふふ、すごく嬉しい。電話したいなーって思ってたから……」

「そっか……。あ、あのさ、調子はどう？」

言った後に思う。調子はどうって何よ。ザックリしすぎだし。答えづらさしかないよ。

「大丈夫だよ！　ありがとう桐崎くん。次はね、ちゃんと頑張るから」

「うん。俺にできることがあったら言ってね」

「ありがとう。その……それじゃあ、応援してほしいな」

「うんっ！　するする！」

応援や励ましで埋められるもの。九条さんの力になれるなら、その全てをつぎ込みたい。

「ふふ、嬉しい」

九条さんはそう言うと、黙ってしまった。俺も何を言おうか悩んでしまう。

どうしよう……。本当は、夏休みが終わる前に一回遊べないか誘うために電話したのに。

切り出せない。

すると、九条さんが沈黙を破った。小さな声で話しだす。

「あと少しで、二学期だね」

「う、うん！　そうだね」

「みんなに会える。すごく楽しみ」

九条さん……。

「会いたいよ……」

「えっ……？」

全然出ない声。この一ヶ月近く、俺の中に溜《た》まりに溜まった欲望が、溢《あふ》れてしまった。

分からないよ。俺のしてること、しようとしてることは正しいのか。でも、会いたいんだ。

「九条さん……。俺は二学期まで待てないよ」

流れる沈黙。九条さんを困らせてしまう。俺のエゴで、また迷惑をかけてしまう。沈む気持ち。耳元からスマートフォンが離れそうになる。と、その時だった。

「私も会いたいよ」

震えている声。か細く、どこかに消えてしまいそうな声だったけど、ハッキリと俺の胸に届いた。

すると、九条さんは続ける。

「一日だけ……。ううん、少しだけでもいいの……。桐崎くん……。私、行くね」

「えっ？」

「またね」

唐突に切られた電話。スマートフォンを耳から離し、画面を見つめる。

九条さん、どうしたのかな。やっぱり困らせちゃったかな。

スマートフォンを、そっと勉強机に置く。そして、ベッドの上に倒れこむようにして仰《あお》向《む》けになる。

それからずっと天井を眺めていた。どれくらい時間が経《た》っただろう。頭に浮かぶのは九条さんの顔。そして、ついさっき聞いた震えた声。

どんな表情してたのかな。

と、そんなことを考えていたその時だった。静かな部屋に、着信音が鳴り響いた。

九条さん！

直感的にそう思った。ベッドから勢いよく立ち上がり、机の上のスマートフォンを手に取る。

画面に映し出された名前は、九条さんだった。俺は焦りで震える指で、応答ボタンを押した。

「もしもし……！」

「あっ！　桐崎くん。あ、あのね……」

言葉を詰まらせる九条さん。何かが溢れそうな、そんな感じがした。

「ど、どうしたの？」

「あ、あの……。明日……空いてたりしますか？」

「えっ……!?」

それって……。

「あ、空いてます！」

そう答えると、九条さんは黙ってしまった。どうしたんだろう……。そう思ったその時。

「明日、遊びに行きませんかっ！」

「い、行きますっ！」

反射的にそう答えた。すると、クスクスと堪《こら》えるような笑い声が聞こえてきた。

「また敬語になってる」

「あはは。だね！」

「うん……。そ、その……それじゃあ明日、一時に駅前でどうかな？」

「うん！　了解！」

「それじゃ、また明日」

「うん！　明日！」

夢みたいだ……。明日、九条さんに会える。溢れそうな気持ちが、胸いっぱいに広がっていく。

そんな気持ちを隠すように、冷静を装い電話を切る。そして、震える手でスマートフォンを机に置いた。

「ひゃっほー！」

叫んでしまった。あまりに大きな声を出したせいか、母さんが部屋に押しかけてきてしまった。

その日の夜遅く。こんなにも明日が楽しみになったことが、あっただろうか。遠足前の小学生みたいな気分だ。

早く寝て、しっかり備えたいのに。頬《ほお》が緩んで目が冴《さ》えて、眠れる気がしない。

そして迎えた朝。いつの間にか寝てしまうもんだなと思いながら、顔を洗いに行く。

今日の一時、駅前か。時はまだ朝八時。まだ五時間もある。早く過ぎてほしい。ソワソワと落ち着かない心。

俺は気を紛らわそうと、ゲームをしたり雑誌を読んだりした。しかし、すぐに気が気じゃなくなって、時計を見てしまう。

はぁ……。まだ全然時間経ってないよ。って、そんなことより、どんな格好してけばいいんだ!?

たんすを勢いよく開けて、服をかき分ける。普段、服の組み合わせだとか、そんなことを気にしていない俺。オシャレが分かっていない。

あぁーっ！　ヤバイヤバイ。分からない！

と、頭を抱えていると。

「冬馬ー！　春輝くんと美来ちゃん来たよー」

「ええっ!?」

部屋の外から母さんの声が飛んできた。こんな時に何の用だと、急いで玄関へ向かう。

「よっ！」

美来が歯を見せて、手を挙げる。

「どした？」

そう言うと、美来がわざとらしく大きなため息をつく。

「ったく。せっかく冬馬のために来てあげたのに。取《と》り敢《あ》えず、あげてよ」

「え？　まぁ、いいけど」

訳が分からないが、二人を部屋にあげる。すると、美来がたんすの中を探り始めた。

「うわぁ……。冬馬、もうちょいマシな服ないの？」

「人の部屋入って、いきなりなんだよ」

そう問うと、美来は俺の方を向いて、人差し指をズビシと向けた。

「あんた、今日デートでしょ？　オシャレしなさいよ」

「えっ、なんで知ってるの？」

ま、まさか盗聴されてるのか？　とアホなことを考えていると、美来が嘆息する。

「昨日、九条さんから電話きたのよ。冬馬はどんな格好が好きか？　ってね」

「そ、そうなの？」

「そそ。あっ、このことは内緒よ?」

「も、もちろん!」

「ふふ、せっかくだもんね。いい? いっぱい褒めるんだよ?」

「う、うん!」

美来が優しい笑みを向けてくれる。それに頷《うなず》くと、美来も頷く。そしてまた、たんすの中を探り始めた。

そして、服装の一式を選んでもらった。急いで着替えると、今度は春輝が俺の前に。そして、肩を掴《つか》む。

「よし、んじゃ次は髪だな」

「お、おう!」

部屋を出て、洗面所に入る。すると、春輝がワックスを取り出した。そして、髪をセットしてくれた。

鏡を見て思う。やっぱり春輝は器用だな。すると、春輝が微笑《ほほえ》む。

「バッチリだな」

「春輝、ありがとな」

そう言うと春輝は「頑張れよ」とだけ言ってくれた。それから、春輝と美来は何をするわけでもなく、帰っていった。

この為《ため》だけに来てくれたのか。ありがとう。

それから時間が過ぎるのを静かに待った。そして、とうとうやってきた出発の時間。入念に忘れ物がないかチェックして、深呼吸を一回。

玄関に出ると、母さんがやってきた。

「ふふ、頑張んなよ？」

「もちろん！」

外に出れば、燦々《さんさん》と輝く太陽が迎えてくれる。澄み渡る青空に、大きな入道雲。天気も味方してくれてる気がした。

夏休み、最後のイベント。大事な、大事な思い出にするんだ。

今行ったら何分前に着くだろう。何分でもいい。早く行きたい。

いつもより軽い足。自然に早足になってしまう。暑さなんて、全く気にならなかった。

会ったら何話そう。話したいことが多すぎて、順番が分からないよ。

そんなことを考えていたら駅前に着いてしまった。スマートフォンケースを開き、画面を点《つ》ける。なんと、集合時間までまだ二十分もあるじゃないか。

いくらなんでも早く着きすぎた。ま、まあ遅れるよりは何倍もマシだけど。

さて、どう時間を潰すか。そう悩もうとしたその時。

「桐崎くん？」

「えっ⁉」

後ろから声をかけられ、振り返る。そこには、涼しげな白いワンピース姿の九条さんがいた。久しぶりに見る、好感度１００という数字に安心感を覚える。

「お、お、おはようっ！」

もう朝は過ぎているのに……。テンパってしまった。

すると、俺の言い方か顔が可笑《おか》しかったのか、九条さんはクスリと笑った。

「おはよう」

初めて見る九条さんの私服姿。夏っぽくて、上品な感じで、九条さんらしいなと思ってしまった。

「く、九条さん、早いねっ！」

「う、うん。ま、待ちきれなくて」

顔を伏せて、モゾモゾと体を揺らす九条さん。俺と同じこと、考えてくれてたんだ。

「俺もだよ。それじゃあ、行こっか」

「うん」

それから肩を並べて歩いていく。改札を抜け、電車に乗る。そして、七人がけの長い椅子に座った。

会う前は、沢山話すぞと意気込んでいたのに、何も話せない。ただ、目線だけを向けてしまう。目が合えば、微笑む九条さん。今、こうしていられることが夢みたいで、ずっとこの状態が続いてくれれば。そんなことを考えてしまった。

それから三十分ほど、電車に揺られていた。聞きなれない駅名のアナウンス。電車を降りると、ホームには人が溢《あふ》れかえっていた。

「そういえば、今日はどこ行くの？」

「あっ！　ごめんね。その……水族館なの」

「おお！　いいね！」

聞くところによると、駅からすぐ近くに海水魚のみを扱う水族館があるとのこと。テレビとかで見る、有名なところじゃなくて小規模な水族館だそうだ。

どうりでこの人の多さ。はぐれないようにしないと。

さっきまで、人一人分空いていた俺と九条さんの間。俺は勇気を振り絞って、九条さんの方へ一歩寄った。

そして、駅を出て数分。水族館にやってきた。中は暗めで、どこか落ち着く雰囲気。

優雅に泳ぐ魚達。見ていると時間を忘れてしまいそうだ。

ゆっくりと歩いて行き、魚の解説を眺めていく。九条さんは興味津々で、魚の解説を端から端まで読んでいた。俺も一緒になって眺めて、「こんな特徴があるんだね」と一緒に笑った。

しばらく歩くと、この水族館で一番大きな水槽が現れた。大きな水族館だったら、ジンベエザメとかなんだろうな。目の前には、泳ぎ回るマグロ。光に反射しているのか、キラキラと輝いている。

「大きいね」

右手でガラスに触れる九条さんが、俺の方を向く。

「うん」

優しい表情。この表情をどれだけ見たかっただろう。髪型もいつもと少し違うような。

綺麗《きれい》だな……。

あっ……。見惚《みほ》れてる場合じゃないよ。ちゃんと言葉にしないと。美来が言ってたじゃないか。

「綺麗だよ」

少し照れ臭い。言った後に口を強く結んでしまう。

暗くて分からないけど、九条さんも照れているのかな。照れてくれると嬉《うれ》しいな。口を結んで、真《ま》っ直《す》ぐに俺の目を捉える九条さん。

気持ちを伝えたい。言いたい言葉は簡単なはずなのに、どう伝えれば良いか分からないよ。

九条さんは俺のこと、どう思ってるかな。ただの友達かな。もしかすると、春輝のことが好きかもしれない。

それでも、俺は伝えたいよ。笑った顔も悲しそうな顔も、驚いた顔もずっと見ていたい。みんなには見せない顔があるなら、それを俺に向けてほしい。

手を伸ばせば触れられる距離に、いて欲しいよ。

欲張りな俺の、底のつきない我儘《わがまま》。全てが分からなくなるよ。俺がどんな人だったか。

「九条さん」

名前を呼べば、体を真っ直ぐに向けてくれる九条さん。俺も九条さんの方を向いて、一歩前に出る。

高鳴る心臓。切りがなく溢れる気持ち。その全てを今、ぶつけるんだ。

100

「好きだよ」

そう言った瞬間。九条さんは、ハッと息を呑《の》んだ。そして、目を見開いて固まってしまった。

流れる沈黙。

九条さんは、薄い唇を震わせていた。そして、目を強く閉じると、ワンピースを握りしめた。

「う、嬉しい……」

震えた声。今にも泣き出してしまいそうな、細い声。

思わず、手がゆっくりと伸びてしまう。すると、九条さんは顔を上げて、また俺の目を捉えた。

「ずっと前から好きでした」

時が止まった。そんな気がした。思わず口を強く結んでしまう。すると、九条さんの口角が少し上がった。微笑んだその目尻に、浮かぶ一粒の雫《しずく》。

初めて見るその表情。初めて感じる、愛《いと》おしいという感情。心が震える。

心の中のどこかで感じていた不安が消し飛ぶ。俺の気持ちが……届いたんだ。

「九条さん……ありがとう」

「うん……！　すごく嬉しい……」

溢れ出る笑み。体の力が一気に抜けていって、思わず膝に手をついてしまった。

「だ、大丈夫？」

「う、うん！　その……すごいドキドキする」

そう言って笑みを見せると、九条さんは小さく頷いてくれた。


それから、若干のぎこちなさを残した俺達は、水族館の中をゆっくり歩いていった。

そして、時間はあっという間に過ぎていき、気付けば水族館の出口が見えてきた。時間は午後の四時前。まだ帰るには少し早いかな。もう少し一緒にいたいよ。

水族館を出れば、まだまだ元気よく輝く太陽が迎えてくれる。何か話がしたいな。そう考えていると、九条さんが照れ臭そうに目線だけを俺に向けた。

「桐崎くん、その……まだ時間大丈夫かな？」

「う、うん！　大丈夫！」

そう答えると、九条さんは口角を少し上げて視線を落とした。

「あのね、近くに砂浜があるの。一緒に海見よっ」

「うん！」

それから水族館からそう遠くない場所にある砂浜にやってきた。海水浴場とかではないらしく、管理されている様子もない。人もほとんどいない。ただ、遠くに二人ほど大きな釣竿《つりざお》を振っている人がいた。

さて、海を見るといっても、どこに座ろうか。お尻に砂が付いちゃうしな……。と困っていると、九条さんは鞄《かばん》から綺麗に折りたたまれているレジャーシートを取り出して、笑顔を向けてくれた。

「座ろっ！」

「うん！」

赤黄青のチェックのレジャーシート。その上に並んで座る。俺と九条さんの間には人一人分の隙間が空いていた。正確には、俺が空けて座ってしまった。

まだドキドキする心。チラッと目線だけを向けると、九条さんと目が合った。八の字になった眉に、少し上がった口角。きっと俺も同じ表情をしているんだろうな。

静かに見つめあう俺たちを包むのは、一定の間隔で寄せて引いていく波の音。その音が心地良くて、時間を忘れてしまう。すると、九条さんが波の方に視線を移した。

「勇気出して良かった。桐崎くんと夏休みの思い出が作れて、すごく嬉しい」

遠くを見つめながら、そう呟《つぶや》いた九条さん。俺も同じこと、思ってるよ。けどね――。

「俺も嬉しい。また……また来年も一緒に見ようね」

そう言うと、九条さんは頰《ほお》を染めながら、小さくうなずいた。

夏休み最後の海。ただ波の音を聞いて、水平線を眺めているだけなのに、とても大事な時間のように思えた。きっと、後にも先にも味わうことのない、今という時間を感じているんだなと、ぼんやり思った。

それから日が少し赤みを帯び始めるまで、静かに海を見ていた。

「日が落ちる前に帰ろうか」

「うん！」

帰りの電車内。行きの電車とは違った沈黙。こそばゆくて、落ち着かない。

そんな、感じたことのない感覚に浸っていると、九条さんが小さな声で話しだす。

「楽しかったね」

「うん、楽しかった」

本当に、楽しかった。夏休みの間に、九条さんに会えて良かった。

それから大した会話もできずに、気づけば降りる駅に着いていた。ここでお別れか。本当にあっという間だったな。

「桐崎くん、本当にありがと」

「うん！　俺からも言わせて。ありがと」

二人揃《そろ》って照れ臭そうな笑みを浮かべる。どんな顔をするのが正解なのか分からないや。カッコいいことも言えない。それでも、気持ちだけは、ちゃんと伝えたいな。

一回、目を強く閉じて、気を引き締める。そして、目をゆっくり開けて、キリッとした真面目な顔を作る。

「九条さん、好きです。俺と付き合ってください！」

頭を下げて、右手を前に突き出す。すると、俺の右手が優しく握られた。

「お願いします！」

勢いよく頭を上げると、俺の目に映る九条さんの満面の笑み。

心のどこかで抱いていた夢。告白しといてなんだけど、こんな日がくるなんて……。

それから駅で別れた俺は、ボーッとしながらゆっくりと歩いて帰った。

家に着けば、いやらしい笑みを見せる母さんが迎えてくれる。「どうだった？　どうだった？」としつこく聞いてきたけど、余韻に浸りたい俺は、それをかわして部屋の中へ逃げた。

ベッドの上に寝転ぶ。腕で目元を隠すと、勝手につり上がる口角。

こんなに嬉しいことがあるなんて。と気持ちの悪い笑みを浮かべていると、着信音が鳴った。

もしかして、九条さん！

画面も見ずに電話に出る。

「九条さん！」

「残念、私でしたー！」

意地の悪そうな美来の声。めちゃくちゃ恥ずかしい。

「切っていい？」

「ちょっと、待ちなさいよ！　どうだった？」

「母さんと同じような聞き方するなよ。まあ……お陰様で、その……上手《うま》くいきました」

「おぉ！　やったじゃん！　ヒューヒュー！」

「うわ、うざっ」

「は？　あーあ、色々と協力してあげたのになー」

「だあー、すまんすまん。本当感謝してるよ」

「ふふ、まあ、良かったね。それじゃ！　春輝にも報告しといたら？」

「うん。その……ありがとな」

「はいはい。じゃね」

それから春輝にも報告をした。我が事のように喜んでくれる春輝。二人のおかげだ。二人がいなかったら、俺と九条さんはどうなっていただろう。もしもの話を考えても仕方ないけど、本当に感謝している。

いつか、二人が困った時は、何が何でも力になる。そう強く思った。

夏休みが終わった。今日から二学期だ。みんな、夏休み気分が抜けないのか、怠《だる》そうな顔をしている。

中には、様子が変わった人も。チャラくなってる人や、イチャつく男女ペア。みんなにはみんなの夏休みイベントがあったんだろうな。

俺はというと……。いかん、考えただけでも、気持ちの悪い笑みが漏れてしまう。

始業式が終わり、帰りのホームルームが終わると、教室前に九条さんが来てくれていた。

俺は急いで駆け寄る。

「お、おまたせ！」

優しい笑みを浮かべる九条さん。何度も見てきたはずなのに、飽きずに見惚《みほ》れてしまう。

俺は固まってしまった。

すると、背中に何かが飛びついてきた。倒れそうになりながら振り返ると、ニヤニヤといやらしい笑みを浮かべる美来が。

「よっ！　お熱いね！」

「やかましいわ。九条さんにぶつかったら、どうするんだよ」

「そりゃ、冬馬が責任取るしかないでしょ」

「いやいや、理不尽な……」

と嘆息すると、九条さんがクスクスと小さく笑う。それを見た美来は歯を見せて笑った。

「いやー九条さん、元気そうで何より！　二学期からもよろしくね！」

「うん！　よろしくね。あ、あの……あの時は、ありがとうございました」

そう言って軽く頭を下げた九条さん。きっと水族館デート前日のことだろうな。

「あー、あれね。ふふ、じゃあ、一つ貸しってことで！　じゃねっ！」

そう言って美来は帰っていった。すると、今度は春輝が俺と九条さんの元へ来る。

「九条さん、久しぶり」

「あ、七瀬《ななせ》くん。お久しぶりです」

「うん。二学期もよろしくな。んじゃ、美来追うわ」

そう言って軽く手を挙げた春輝。俺は急いで春輝を呼び止める。

「春輝！　ありがとな！」

俺の声に振り返った春輝は、優しい笑みを見せると、また軽く手を挙げる。そして前に向き直ると、帰っていった。

「私達も帰ろっか」

「あ、その……さ。報告したい人がいるんだけど、いいかな？」

「報告？」

「うん。その……俺達が付き合い始めたっていうの」

「えっと……誰にかな？　できればあまり言い回りたくなくて」

申し訳なさそうに眉尻を下げる九条さん。俺も言いふらしたくはない派。けど、言っておきたい人がいるんだ。

「如月さんと、雪村さん。大事な友達だから」

そう言って笑顔を向けると、九条さんは満面の笑みで頷《うなず》いてくれた。

まずは六組へ。九条さんが如月さんの名前を呼ぶと、なんかすんごい怖い顔した如月さんが腕を組みながらやってきた。

「あ、あの……如月さんに報告したいことがありまして……」

恐怖のあまり何故か敬語が出てしまう。如月さんは、黙ったまま深く頷いた。この人、九条さんのお父さんですか？

「俺達、付き合い始めました」

「知ってる」

「えっ」

「桃華から、聞いた」

聞いてたかー！　ふと、九条さんの顔を見れば申し訳なさそうな顔をしていた。

「ご、ごめんね。我慢できなくて言っちゃった」

「そ、そっか！」

再び如月さんに目を向ける。さっきより鋭さの増した目つき。それにビビっていると、如月さんは、大きなため息をついた。

「はあ……。もうこうなったら認めるしかないじゃない。桐崎、大事にしなさいよ！」

「は、はいっ！」

如月さんが認めてくれた。よくは分からないけどすごく嬉《うれ》しい。元気よくシャキッとした返事を返すと、如月さんは優しく微笑《ほほえ》んでくれた。ふと、頭上の好感度を見れば、60に上がっていた。

まだまだ、高いとは言えないけど、如月さんとの距離も縮まったような気がする。報告して良かった。

それから如月さんと別れた俺達。今度は雪村さんがいる二組へ。教室を覗けば、デレデレとした顔の男子に囲まれている雪村さんがいた。

相変わらずファンが多いな。と、唖然《あぜん》としていると雪村さんがこちらに気付いた。すると、人差し指をくいくいっと動かす。なんの合図だと不思議に思っていると、男子の群れが道を成すようにして、整列し始めた。

その中央を優雅に歩いて、俺達の元へきた雪村さん。

どういう方向性を目指しているんだ？

「どうしたの？　わざわざこっちまで来て。あっ！　もしかしてぇ、私に会いに来てくれたのぉ？」

「そうだけど……」

そう言うと、嬉しそうな顔をする雪村さん。好感度は70から72に上がった。何というか分かりやすい人だな。

「あ、あのさ、俺と九条さん、付き合い始めました。その報告をしようと思って」

そう言うと、雪村さんはハッと息を呑《の》んで、口元に手を当てた。

「おお！　やるじゃん！　このこのぉ〜。しっかし、九条さん、もっといい人いたんじゃないの？」

冗談っぽい口調の雪村さん。しかし、九条さんは優しい表情を浮かべると、ゆっくりと首を横に振る。

「桐崎くんが、一番良いの」

「おぉ！　言うねぇ〜。あー、私も言ってみたいなー。取《と》り敢《あ》えずおめでとっ！　桐崎くん、よそ見はダメよ？」

「勿論《もちろん》！」

「ふふ、じゃ、お幸せにぃー」

「ありがと！」

雪村さんにも報告ができた。そう満足していると、横で九条さんが頬《ほお》を赤らめながら、モゾモゾと体を揺らし始める。

「あ、あの……桐崎くん……」

「ん？　何？」

「い、一緒に帰りませんか？」

「う、うん！　帰ろっ！」

まだまだ、ぎこちなさを感じる。二人肩を並べて歩く廊下。相変わらず、碌《ろく》に話ができないけど、少し言葉を交わす度、満たされるものがあって、それをどんどん欲してしまう。

そして、学校を出た俺と九条さんは、近くの公園にやってきた。ブランコしかない小さな公園。取り敢えず、木製のベンチに座る。

付き合うってなんだろう。こんなんで合ってるのかな。分からないや。でも、楽しい。

そんなことを考えていたら、九条さんはプッと笑みをこぼした。

「すごいドキドキする」

「お、俺も！」

便乗してしまった。話したいことは沢山ある。その中でもずっと気になっていたことがあった。聞いて良いことなのか、分からないけど、どうしても聞きたかったこと。

「あ、あのさ、九条さん。夏休みに、俺達みんなで遊べなかったのって、やっぱり期末の成績が関係してる……？」

「うん。努力が足りないって言われちゃった」

「そっか。その、水族館……無理させちゃったかな……？」

申し訳なさそうに聞くと、九条さんは首を横に振った。そして可笑《おか》しそうに笑った。

「あのね、桐崎くんが電話くれた後、お母さんにお願いしに行ったの。一日だけ、遊びに行きたいって。ちょっと泣きそうになりながらお願いしたら、お母さん慌ててだしてね。行きたいなら行きたいって言ってくれれば良いのにって。そんな我慢までさせるつもりはなかったって」

「そ、そうだったんだ！」

なんかすごい安心した。俺の我儘《わがまま》で、九条さんのお母さんに迷惑かけたんじゃないかって思ってたから。俺が思っていた【厳しい】とは、ベクトルが違うのかな。

「私が普段、遊びに行かないから、まさかと思ったみたいなの。これからは言ってねって言ってくれてね。勿論、成績は疎《おろそ》かにしちゃいけないけど」

「そっか～本当に良かった！　よ、よし！　二学期のテストはバッチリ頑張ろうね！」

「うん！」

満面の笑みで頷いてくれる九条さん。これからの学校生活、楽しいことがいっぱい待っているだろうな。

勿論、外しちゃいけないことは、外さない。しっかりと、メリハリを付けて、迷惑をかけないよう頑張るんだ。

それから少しの間、公園でまったりした俺と九条さん。そろそろ帰りを切り出そうと、九条さんの顔を見る。すると、九条さんは真《ま》っ直《す》ぐに俺の目を見ていた。

「桐崎くん」

「は、はい！」

何故《なぜ》か背筋が伸びる。

「好きだよ」

「お、俺も好きです！」

面と向かって言われると、こんなにも緊張するなんて。やっぱり俺は格好がつかないな。

照れ笑いをしてしまう。それを誤魔化《ごまか》すように、ふと九条さんの頭上を見てしまう。

すると驚くことに、ハートに刻まれた１００という数字が点滅していた。そして、その
横には長方形のバーのような物が出現していた。

そして、バーの中身は赤く染まっていて、上の方がブルブルと震えている。

なんか荒ぶっている……。また、変な物が見えるようになってしまったぞ……。

第５章　なんかメーターみたいなのが見えるんだが

人の頭の上にハートマークが出現する。こんな生活が四ヶ月近くも続いている。もはや、これが普通になりつつある俺だが、新たなる謎が出てきてしまった。

そう……九条《くじょう》さんの頭上に、ハートマークとは別に、メーターみたいなのが見えるのだ。他の人にはない。何故か九条さんにだけある。

昨日は、メーターいっぱい赤色だったのだが、今朝会った時はメーターの三分の一くらいで緑色だった。

これが示す意味とは何だ……。まあ、害はないから良いと思うんだけど。

そんな疑問を抱いたまま迎えた昼休憩。購買に向かおうと教室を出ると、入り口近くに九条さんがいた。

「桐崎《きりさき》くん、購買？」

「うん。一緒に行く？」

「うんっ！」

相変わらず可愛《かわい》い笑顔だ。と、見惚《みほ》れてしまう。ふと、九条さんの頭上を見れば、メーターは半分まで満たされていて、黄色になっていた。

わ、分かんねぇ……。

それから、昼食を調達して、教室に戻る。そして、いつものように、美来《みく》と春輝《はるき》を交えて、四人で昼ご飯を食べようと席に戻った。すると、美来が意地の悪そうな顔をする。

「え？　二人で食べなくていいの？」

「は、はあ？　ど、どういうことだよ」

「え、だってさー付き合ってんでしょ？　無理に私と春輝に付き合うことないし。てか、見てるこっちが、むず痒《がゆ》くなるんですけど？」

「は、はぁ……」

美来よ、どうした？　やけに早口だし。九条さんが困った顔してるじゃないか。

すると、春輝が美来の方に顔を向ける。

「俺は気にしないからいいよ。まあ、美来も変な言い方しないでさ、一緒に食べようよ」

そう言って春輝が優しく微笑むと、美来は視線を落とした。

「ごめん……」

ん？　何でそんなに凹《へこ》んだ顔をする？　春輝の言い方、別にキツくなかったよな？

まあ……美来は俺達に気を遣ってくれたのかもしれないし。ここは、美来の肩を持とう。

「うしっ！　九条さん！　折角《せっかく》だし、空き教室いこうよ！」

そう言って笑顔を向けると、九条さんは小さく頷《うなず》いてくれた。そして、空き教室にやってきた俺と九条さん。

普段、昼休憩の時は、あまり人がいない空き教室だが、今日は先客が二組来ていた。男女のペア……。

これは、その……まさか……。

ゴクリと喉を鳴らし、取り敢えず席に着く。この前、九条さんとここでお昼をした時は、横に並んで座ったからな。今度は、向かい合わせにしよう。

九条さんが座ろうとしている席の前に机を動かす。そして、向かい合わせにして座った。

何故か目を合わせてくれない九条さん。口を結んで頬《ほお》が紅潮している。照れてくれてるのか……!?　いや、自惚《うぬほ》れてはならない。俺はめちゃくちゃ照れてるけど。

ふと、九条さんの頭上を見ればメーターはいっぱいになってて、中身は真っ赤に染まっていた。そして、また上の方がプルプルと荒ぶっている。

なんか爆発しそうだな……。取り敢えず、食べようか。

「い、いただきます！」

そう言ってパチンと手を合わせると、九条さんも力一杯手を合わせた。

黙々と食べていく。付き合う前より、ぎこちない感じだ。九条さん、さっきから目を合わせてくれないし。

「く、九条さん？　だ、大丈夫？」

「う、うん！」

「そっか！」

そう言って笑顔を作る。すると、九条さんは、緊張が解けたような笑みをこぼした。

「ふふ。なんか、すごい緊張しちゃって。彼女ってどうするのが良いんだろうって考えてたら、分からなくなっちゃった」

そう言って照れ臭そうに笑う九条さん。彼女……か。なんか、いい響き。逆に彼氏らしいって何だろう……。

「俺も分からないや。あはは。でも、そんな難しく考えなくてもいいんじゃないかな。したいようにすれば良いかなーなんて」

言ってて訳が分からなくなる。あははと笑いながら後頭部をかくと、九条さんは頷いた。

そして、モゾモゾと落ち着きなく動きだした。

「き、桐崎くん、その……今日一緒に帰れる？」

「うん！　帰ろっ！」

「ふふ、良かった！　ソフトクリーム食べたい！」

「うん、行こっか！」

そう言って笑顔を見せれば、嬉《うれ》しそうな笑顔を見せてくれる九条さん。いつまでも見ていたいな。ふと、思ってしまった。

そして、待ちに待った放課後。廊下で待っている九条さんの元へ駆け寄ると、美来が俺を追い越す。

「九条さん！　その……お昼のことだけど、ごめんね。邪魔者みたいな言い方して……」

申し訳なさそうに目線を落とす美来。すると、九条さんは優しく微笑《ほほえ》んだ。

「ううん。気にしてないから大丈夫だよ。浅宮《あさみや》さんが気を遣ってくれたの、嬉しかった」

「九条さん……」

九条さんの言葉に、安心したような表情を浮かべる美来。九条さんは微笑むと、何か思いついたような顔をする。

「浅宮さん！　今から桐崎くんとソフトクリーム食べに行くんだけど、一緒にどうかな？」

「えっ⁉　い、いいの？」

「うん！　桐崎くん、いいかな？」

唐突に振られる。二人が同時に俺を見るから、ちょっと固まってしまった。

「勿論《もちろん》。んじゃ、春輝も誘うか」

というわけで、春輝の元へ。

「春輝、ソフトクリーム行こうぜ！」

ビシッとサムズアップして誘う。しかし、春輝は申し訳なさそうな顔をする。

「悪い。今日は用事がある」

「そっか！　んじゃ、また今度な！」

というわけで、俺と九条さんと美来という中々珍しい組み合わせで歩いていく。

靴を履き替え、外に出れば心地の良い涼しい風が、サラッと通り抜ける。

夏も終わり、秋特有の涼しくて気持ちいい気候。もう少ししたら、日が暮れて赤くなるだろうな。日差しも程よく、なんかノスタルジー。

と、一人の世界に浸っている俺は、美来と九条さんが仲良く話している後ろ姿を眺めながら、足を進めていった。

しばらく歩いて大通りに出れば、目的地が見えてきた。何でも三十二種類ものフレーバーを用意しているという、変わったソフトクリーム専門店。

ポップな色使いの外装。俺だけでは決して入れなそうな感じだ。美来と九条さんは、何も感じてないのか、慣れた感じで店に入っていく。

そして、店に入ってすぐに注文をするのだが、これが困った困った。どの味も美味《おい》しそうで目移りしてしまう。

そして、結局はバニラ味。なんというか情けない。

席に着くと、始まるのが女子同士の会話。いわゆるガールズトークというものなのだろうか。

適当に相槌《あいづち》を打ちながら、俺も会話に混ざる。すると、美来がぶっ込んできた。

「しかし、冬馬《とうま》にも彼女かー。手繋《つな》いだりしちゃうんだねー」

「えっ⁉ て、手⁉」

慌てふためいて変な声が出てしまう。横の九条さんは、耳を真っ赤にして、視線を落としている。

黙ってしまったじゃないか……。それに……メーターが真っ赤になって荒ぶっている。

もしかして……照れてる度数みたいなものなのか……？　思い返せば、メーターが真っ赤になっている時って、二人でいるときとかだし……。俺がドキドキしてるのと同じ感じなのだろうか。

すると、美来はそんな俺たちを無視して追撃を仕掛けてくる。

「え？　するでしょ？　それにくっついたりとか」

「く、くっつく!?」

想像してしまう。手を繋ぐ。肩をくっつけ合う。そして……。って馬鹿か！　お、俺達はまだ高校一年生なんだぞ。そんな軽々しく……駄目でしょ。ゆっくり、大事にするんだ。

頰《ほお》を叩《たた》き、深呼吸。すると、美来はからかうように笑った。

「あはは、冬馬には無理か。てか、冬馬がそんなことしてるの想像できんし」

「ぐぬぬ……」

美来め。言いたい放題言いやがって。い、いつかはそういう日が来たりするかもしれないじゃないか。

それから静かになってしまった九条さんと、騒がしい美来とソフトクリームを食べて、帰ることに。結構長く店にいたようで、外に出れば真っ赤に染まった夕日と、深い紫色っぽい雲が視界に広がった。

美来は本屋に寄るとのことで、店前で別れることに。その別れ際、少し寂しそうな顔をしていた。

「じゃあね、また明日」

「おう！」

「また明日ね」

九条さんと肩を並べて手を振る。すると、美来は小さな声で一言付け足す。

「なんか、羨ましくなっちゃうね。それじゃ！」

美来の後ろ姿。いつもの元気ハツラツとした雰囲気ではなく、どこか陰があるような。気のせいだろうか。

と、美来を見つめ固まっていると、九条さんが、俺の肩を叩く。

「私達も帰ろ？」

「うん」

帰り道。二人黙って歩いていく。長く伸びた影が目の前に。まだまだ、ぎこちなさが残る俺達の間には人一人分の隙間がある。

ふと、思いだしてしまう。手を繋ぐ……か。意識しちゃうと、ちょっと距離を空けてしまうな。下心を見透かされるのが、恥ずかしい。

ふと、顔を九条さんに向ければ、九条さんもこっちを見ていた。顔を真っ赤にしているような。夕日のせいかな。

「明日から読書週間だね」

目を逸《そ》らして、俯《うつむ》きながら話してしまう。

「うん」

「九条さんは本って結構読むの？」

「たまに読むよ。ミステリーが好きなの」

「そ、そっか！　俺もこれを機に読書してみようかな！」

それからオススメの本とかを教えてもらいながら帰り道を楽しんだ。会話に夢中になっている時の九条さんは、とても自然で俺も自然になれる。

手を繋ぐとか、そういうのもいいと思うけど、それだけが彼氏彼女の証《あかし》じゃない。でもいつかは、そういうのも自然にできるようになるといいな。

第6章　読書週間

次の日の朝、美来《みく》はいつも通り元気いっぱいだった。朝会うなり、俺の背中を思いっきり叩いて、ニシシと歯を見せて笑うくらいに。

やっぱり、昨日俺が感じた違和感は気のせいだったのかもしれない。

と、席に着きながら一人安心していると、春輝《はるき》が横の席に座った。

「どした？　変なため息ついて」

「え？　あぁ、いや。美来の様子が気になってさ」

「美来？　何かあったのか？」

「んー、何というか……説明しにくいんだけど……。多分、昨日の昼のこと気にしてるのかなー？」

そう言うと、春輝は顎に手を添えて、難しい顔を見せる。

「そっか。まあ、俺の言い方がよくなかったかもな。後で声かけとく」

そう言って、春輝は美来の元に歩いていった。春輝が笑みを見せれば、嬉しそうに笑う美来。

やっぱり大丈夫みたいだ。

そして、やってきた昼休憩。今日は九条《くじょう》さんも交えて、四人で食べることに。昨日とは違って、美来は変なことを言うこともなく、笑顔を向けてくれた。

それから食事をしながら会話を楽しむのだが、その途中、ふと気になることが浮かんだ。

「そういえば春輝、昨日は何してたんだ？」

「ん、まあ。呼び出し」

答えたくないのか、春輝はぼやかすような言い方をする。すると、美来が目線を春輝に向けた。

「女子？」

「まあ」

「そっか」

流れる沈黙。何となくだが、振っちゃいけない話題だったような気がする。話題を変えねば……。そう焦っていると、五美《いつみ》がやってきて、大きな声を出す。

「七瀬《ななせ》の話か！　昨日見たぞ〜。二年のギャルっぽい人だよな！　いいよなぁ。てか、断ったらしいな！」

すると、春輝は顔だけを五美に向けて「まあ」と気のない返事をした。しかし五美の追撃は止まらない。

「いやーしかし、何で断っかなー。俺だったら、即答なんだがな。もしや七瀬、好きなやつでもいるのか？」

そう五美が質問を投げると、美来は少し目を細める。そして、会話を遮るように大きな声で話し始めた。

「てかさー、今日から読書週間じゃん？　みんな読む本とか決めたの？」

そうだった。そういえば今日から読書週間じゃん。昨日、九条さんとそういう話をしてたのに、何も用意していない。

「決めてないわ……」

項垂《うなだ》れながらそう言うと、九条さんが机に両手をついた。

「それじゃあ、今日の放課後、みんなで図書室行こっ！」

「おお！　俺も行くー！」

便乗する五美。美来と春輝も頷《うなず》いてくれた。俺も大きく頷いた。

そしてやってきた放課後。春輝と美来、そして五美と共に廊下に出ると、九条さんと、如月《きさらぎ》さんが待っていた。

「あれ、如月さんも図書室に？」

「そうよ。あたしも読む本決めてないし。それに何か怪しいやついるし」

そう言って如月さんは細めた目を五美に向けた。五美は気の抜けたデレデレとした顔をしている。

気付けば六人という、中々の人数。あまり横に広がらないように廊下を進んで行く。先頭は春輝と美来、その後ろには九条さんと如月さん。そしてその後ろは、俺と五美。

雑談をしながら歩いていると、五美が考え込むような顔をする。

「なあ、桐崎《きりさき》。九条さんと如月さんのツーショット、美しいよな」

何を言いだすかと思えば。

「ま、まあ」

と、苦笑いをすると、五美の目が細くなる。そして、顔をグイッと俺の方に近づけてきた。

「しかし、ツーショットといえば……。桐崎、最近九条さんとよく一緒にいるよな。もしかして……」

そう言えば、五美には九条さんと付き合っていることを言ってなかったな。言った方がいいのか？　しかし、五美に言ってしまったら瞬く間に校内に噂《うわさ》が飛んでしまいそうだ。

んー。しかし隠し事は良くないよな。よし、しっかり釘《くぎ》を刺しておけば大丈夫だろう。

「その……実は……。俺と九条さん、付き合ってるんだ」

小声で言ってみた。すると、五美は聞こえなかったのか、表情を変えずに固まってしまった。

あれ？　声小さすぎたか。

首を傾《かし》げながら、目線を上げてみる。すると、五美の好感度が75から70に下がった。

えっ⁉　どゆこと⁉

すると、涙目になった五美が大声で話し始める。

「ふざけるなーっ！　えっ？　冗談だよな？　笑えないぞっ！」

「い、五美。落ち着けよ」

前の四人が何事かと振り返り、足を止める。しかし、五美の暴走は止まらない。俺の襟を摑《つか》んで揺さぶり始めた。

「何をしたんだ⁉　黒魔術か⁉　催眠術か⁉」

「い、いや、そんな変なことしてないよ」

と、言ってみるが、五美は聞く耳持たず。すると、美来の手が五美の腕を掴んだ。

「うっさい！　何話してたか知らないけど、冬馬《とうま》が困ってんでしょ！」

美来が怒った表情を五美に向ける。すると、五美は細めた目を美来に向けた。そして、ゆっくりと腕を下ろす。

「本当、浅宮《あさみや》って口悪いよな。そんなんじゃモテないぞ。四天王《してんのう》の方々のように余裕持てよ」

その言葉に美来の目つきが鋭くなる。そして、食いしばった歯を見せると、サッと振り返った。

「帰る」

スタスタと廊下を走っていく美来。すると、焦ったような表情をした春輝が、美来を追いかけていった。俺は、その場に立ち尽くしてしまった。重くなる空気。すると、如月さんがため息を一つついた。

「はぁ……。あたしも帰るわ。桃華《ももか》、行こっ」

「う、うん。桐崎くん、またね」

気まずそうな作り笑顔。俺も笑顔を作って手を振った。静かな時間が流れる。すると、五美もため息をついた。

「悪い。ついカッとなって。浅宮を傷付けちゃったな」

「うん……。ま、まあ。美来も言い方キツイけどさ。なんていうか、昔からそうなんだ。別に人を貶《けな》そうとか、そういう訳じゃなくて。俺と春輝を守るためっていうか」

思い出す。小さい頃の春輝は体が弱くて、ガキ大将によくいじめられてた。俺もたいして強くなかったから、春輝を庇《かば》おうにも、まとめてコテンパンにされたりした。それを見た美来は、女の子なのに果敢にガキ大将に挑んで、俺達を守ってくれてたんだ。

俺達よりもよっぽど男気があるんだよな。

と、物思いに耽《ふけ》っていると、五美が頬《ほお》を二回叩《たた》いた。

「俺、謝りに行くよ。桐崎、本当今日は悪いな。折角《せっかく》、みんなで本借りる予定だったのに」

「大丈夫。明日借りにいっても間に合うよ」

「だな。そんじゃ、またな！」

「うん、またな」

廊下を走って行く五美の背中を見つめる。俺も美来が心配だ。

俺も美来を探すことにした。でも、もう姿は見えない。校門を抜けて、辺りを見渡してみるも、どこに行ったか見当もつかない。スマートフォンを取り出して、LaIN を送ってみたが、反応はなし。

そりゃそう……か。多分、家にも帰ってないだろう。こうなったら……！

ただ闇雲に走った。美来が行きそうなところを、色々と当たってみた。近くのカフェ、九条さんと行ったソフトクリーム屋さん。でも結局、見つけることはできなかった。

本当に、どこ行っちゃったんだよ。

スマートフォンを確認してみるも、通知はなし。万策尽きたと、ため息をついた時だった。通知音が鳴った。急いで確認してみると、そこには五美の名前が。美来かと期待していた分、肩透かしを食らったような気分だ。

【浅宮は見つかったか？】

【いや、見つかってない】

【そっか。一旦、合流しないか？】

ということで、一度五美と合流することになった。学校近くの川沿いの歩道に着くと、汗だくの五美がいた。きっと俺より走り回ったに違いない。

「マジで悪いな桐崎。本当ごめん」

「いや、俺に謝っても仕方ないだろ？　一緒に探そうぜ」

そう言って笑顔を向けると、五美は少し笑みを見せてくれた。

まだ探していないところ……。いや、それよりも、春輝は？　春輝は今どこにいるんだろうか。

春輝にLaINを送ってみる。しかし、中々既読はつかない。春輝も走り回っているのだろうか。そう思い、スマートフォンをポケットにしまおうとした時だった。通知音が鳴った。慌てて画面を見ると、春輝からのメッセージが届いていた。

【見つかったよ。昔、美来が家出した時の河川敷にいる】

見つかったか！　さすがは春輝だ。こみ上げる安心感。五美の方を向けば、俺の表情を読み取ってか、顔を綻ばせた。

それから美来達がいる場所へ走っていくと、その途中で美来達と合流した。春輝に手を引かれて、少し気まずそうな顔をした美来。そんな美来を発見するなり、五美は駆け寄っていった。そして深々と頭を下げる。

「マジでごめん！　酷《ひど》いこと言って」

「別にいいよ」

ちょっと怒ったような言い方をする美来。俺も駆け寄って、五美の方を向くと、不安そうな顔をした五美が顔を上げた。すると、その顔をみた美来が笑みをこぼす。

「あはは、嘘嘘《うそ》。もう怒ってないよ。私の方こそごめんね。冬馬もごめん」

歯を見せてちょっと照れたような笑みを浮かべる美来。横では、五美が胸を撫《な》で下《お》ろしていた。しかし、まだ心配なのか、五美はまた不安そうな顔をする。

「本当に本当か？」

「うっさい！　いいって言ってんでしょ！　それにね、別にモテないぞとか、大きなお世話なのよ。なんなら、モテなくてもいいし。だから、この話終わり！　さ、帰ろっ！」

話の締めと言わんばかりに、美来が五美の背中をはたく。すると春輝は笑いだした。俺と五美もつられてか、笑ってしまった。

その帰り道。俺たちは、何事もなかったかのように他愛《たあい》もない話をしながら帰った。美来の表情は、どこかスッキリしていて、春輝は柔らかな笑みを浮かべていた。二人が楽しそうに話しているのを見て思う。きっと春輝だから、できたことなんだろうな。

第7章 神代楓

読書週間。うちの学校には、そんなちょっとしたイベントがある。開催期間は春夏秋冬に一週間ずつあって、【本を一冊以上借りてみよう】というスローガンを元に図書委員会が推進している活動らしい。

特に強制という訳ではないけど、普段あまり本を読まない俺には、いいきっかけなのだ。

というわけで、放課後に九条《くじょう》さんと一緒に図書室に来た。どうせなら難しそうな本にチャレンジしてみよう。そんな気持ちで、あまり人気のない奥まった所に来てみた。

しかし、来てみたはいいが……。

さすがと言うべきか。分厚くて、タイトルからして難しそうな本ばかりだ。適当に一冊手に取ってみる。焦げ茶色の硬い表紙を開けば、貸出カードが目に入った。

こんなの誰が借りるんだろうか。手に取ってみれば、一人の名前が書いてあった。

神代楓《かみしろかえで》さん。聞いたことあるような？　あっ……四天王《してんのう》の一人だったっけ？　全部読んだのかな？　だとしたらすごい。

すごい人もいるもんだと、本を棚に戻す。そして、同じ棚から違う本を手に取ってみた。

そして開いてみる。

あっ、また神代さんの名前だ。って、ここら一帯の本、全部読んでるのか？

もしやと思い、いろんな本を手に取ってみた。本を開いて、貸出カードを見てみる。

マジかよ……。

なんと予想通り、ここら一帯の難しそうな本のほとんどに、神代さんの貸出履歴があった。

ここまで来ると本好きの更に上をいく何かだな。取《と》り敢《あ》えず、ここの棚の本は俺には無理そうだ。そう諦めて、ファンタジーものが置いてある棚に来てみた。

お、これ面白そう。タイトルは腕輪物語。名前だけは聞いたことがある。映画化もしてたはず。さっそく手に取って開いてみる。すると、またも貸出カードに記載されている神代さんの名前が目に飛び込んできた。

ここにもいたのか。ノンジャンルで本を楽しむ人なのかな。そんなことを考えながらページをめくってみる。すると、ページの間から折りたたまれたルーズリーフの束が落ちてきた。

なんだこれ？　しゃがんで拾ってみると、そのルーズリーフには文字がビッシリと書かれていた。ヘッダ部分には七竜物語と書かれている。

なんだろう。直感的に気になってしまった。

近くの椅子に座って、長机を一人で占拠する。そして、ルーズリーフに書いてある文を読んでみた。

ヤバイ……面白いな。

舞台は神や悪魔、妖精や魔物が住んでいる王道なファンタジー物。あらすじは、世界には七竜と呼ばれる竜がいて、世界の均衡を保っていた。しかし、予言者が八体目の竜が目覚めようとしていると予言したと同時に、世界で様々な異変が生じ始める。主人公はその謎を追う為《ため》に旅に出る。と言ったものである。

人を惹《ひ》きつける文章。豊かな表現力。薄い描写と濃い描写の緩急が程よく、読んでいて苦にならない。むしろ続きを読みたくて仕方がない。と、時間を忘れて読み進めていたら、中々良いところで終わってしまった。

なぜ、ここで止めた……。

物語はまだ序盤中の序盤。こんなところで待ったをされる読者の身になって欲しいものだ。勝手に読んだのは俺だけど……。取り敢えず、続きが読みたい。

そんな気持ちが抑えられない俺は、ノートを広げ、ページの端っこを千切ってメッセージを書いてみた。内容は続きを読ませてほしいということと、勝手に読んでしまったことへの謝罪。これをルーズリーフと一緒に本に挟んで元の棚に戻しておいた。

気づいてくれるといいな。

そんな気持ちを胸に九条さんの元へ。九条さんは、一冊の本を抱えていた。

「読む本決まった？」

俺がそう問うと、九条さんは満足そうに微笑《ほほえ》んで頷《うなず》いた。

「桐崎《きりさき》くんは、決まらなかったの？」

「え？　あぁ……決まってないというか、決めたというか……あはは……」

勝手に読んだ作者も分からない小説。それに決めたなんて、はっきりとは言えなかった。

「そっか！　もう少し探す？」

「いや！　大丈夫！　帰ろっか！」

そう言って鞄《かばん》を背負い直す。すると九条さんは、落ち着きなくソワソワとし始めた。

いったいどうしたのか。そんな疑問を浮かべながら、九条さんの頭上を見るとメーターは真っ赤に染まっていて、上の方がプルプルと震えていた。

「その……誰もいないね」

「え？」

辺りを見渡すと、俺たち以外誰も居なくなっていた。図書委員の人もトイレにでも行ってしまったのか、見当たらない。

再び九条さんに視線を戻すと、九条さんは本を抱えたまま、指を忙《せわ》しなく絡めていた。静かな図書室内。さっきから視線を落としたり、こっちを見たり。九条さん、どうしたのだろうか。すごいドキドキする。

「その……世界に、私たち二人だけ……みたいだね」

呟《つぶや》くように、そう言った九条さん。声が小さくて聞き逃してしまいそうだった。

「え？　あぁ、うん。そうだね」

九条さんのメーターが今にも天井を突き抜けそうになっている。というか九条さん、そんな乙女チックなこと言うんだ。

すごい違和感。きっと何かを伝えようとしている……。察するんだ……。

思考を巡らせる。世界に二人しかいない。もし、そうなったら何を思う？　俺だったら……いや、まずはどう生活していけばいいか不安になっちまうな。

よく分からない考えに行き着いてしまい、腕を組む。すると、九条さんが、一歩俺の方に寄ってきた。そして、ゆっくりと右手を俺の方へ伸ばす。

耳を真っ赤に染めた九条さんの手が、俺の手に触れそうになる。と、その時だった。

ガラリと図書室の扉が開く音が聞こえた。その音に反応するように、九条さんは手を引っ込める。そして俺と一緒に扉の方に目を向けた。

そこには、アッシュグレーのショートカットが特徴的な女子がいた。切れ長の目で落ち着いた雰囲気を感じる。ちなみに好感度は30。

その女子は目線だけをチラッとこちらに向けると、すぐに前へと向き直って、書棚の方へ消えていった。

ビックリしたぁ……。引きつった顔のまま、九条さんの方へ向き直ると、九条さんも顔を引きつらせていた。

「帰ろっか」

「う、うん！」

図書室を出て誰もいない静かな廊下を歩いていく。結構、長い時間いたんだろうな。日も傾いている。

外から微《かす》かに聞こえる運動部の声と、雀《すずめ》の鳴き声。そんな小さな音に意識が向いてしまうくらい、俺と九条さんは静かに、そしてゆっくり廊下を歩いていた。

気付けば昇降口に着いていた。俺は四組の、九条さんは六組の下駄箱《げたばこ》へと分かれた。すると廊下側から、走る足音が聞こえてきた。足音が消えると、下駄箱の向こう側から、男子の声が聞こえてきた。

「九条さん！」

「は、はいっ！」

声をかけられたことに驚いたのか、声が裏返っている九条さん。声をかけた男子は、緊張した様子で喋《しゃべ》り続ける。

「あ、あの……これ受け取ってください！」

「えっ？　あっ……えっと……」

「返事はいつでもいいんでっ！」

男子は九条さんの言葉を遮りそう言うと、昇降口を出ていった。その横顔はすごく緊張している様子だった。いったい何を渡したのだろう。

靴を履き替え、九条さんの元に行く。九条さんの手には、水色の手紙が握られていた。

俺がそれを凝視していると、九条さんは焦ったような表情を見せる。

「あ、あのね、その……」

「あはは、大丈夫大丈夫！　ラブレターってすごいね。渡されるの初めて見た」

「う、うん。ごめんね」

「え？　いや、謝ることじゃないよ」

何を申し訳なく思っているのだろう。一つも悪いことしていないのに。

暗い表情の九条さん。ここはどうにかして話を逸《そ》らさないと。

「いやー、てか、あれだね。うん。こういうことってよくある？」

精一杯おどけながらそう聞くと、九条さんは「うん。たまに」と気まずそうに答えた。

いかん、間違えた……。別に俺は何とも思っていないんだけどな。むしろ嬉《うれ》しいというか、誇らしいというか。

「て、てかさ！　俺、改めて実感したよ！　みんなから好かれる九条さんと、こうして一緒にいられる幸せ！　本当最高！」

身振り手振り激しく言うと、九条さんは笑ってくれた。

「ふふ、ありがとう。でもね、私は桐崎くんが好きでいてくれたらいいの。ううん、桐崎くんにだけ好かれたいの」

「く、九条さん……」

恥ずかしくなってしまう。ドキドキするし胸がこそばゆい。すごく落ち着かない。

後頭部をかきながら、頬《ほお》を緩ませる。すると、九条さんは憂いを帯びた笑みを浮かべた。

「桐崎くんは、こういうことある？」

「こういうこと？」

「その……手紙を貰《もら》ったりとか……」

「いやいや、ないない。基本、女子に好かれたことないから。九条さんだけだよ。俺のこと好きって言ってくれたの」

「そっか！」

そう言って歯を見せた九条さん。でもどこかぎこちないというか。頭上のメーターもほんの少ししか満たされていないし、青色だ。

なんというか、今日は失敗しちゃったな。


次の日の朝、ホームルームまでの時間を席でボーッと待ってると、

「桐崎くん、おはよ」

「お、おはよ！」

九条さんが遊びに来てくれた。ただいつもと違うのは、眼鏡をしているということ。確か、受験の時に見た丸眼鏡だ。

「眼鏡なんだね。珍しいねっ！」

「う、うん。ちょっと目が痛くて」

「えっ、大丈夫？」

「うん、大丈夫！」

そう言ってニコッと笑った九条さん。メーターも半分くらいまでいってるし、大丈夫そう。と、安心していると、廊下側から声が飛んできた。

「桐崎くーん！」

声のする方を向けば、雪村《ゆきむら》さんがいた。何か企《たくら》んでそうな怪しい笑みを浮かべている。

嫌な予感がする。警戒しながら近づくと、雪村さんは目を潤ませ、上目遣いをしてきた。

「やばいんですぅ。助けてくださいよぉ〜！」

「な、何が？　どうしたの？」

「英語の教科書、忘れちゃったんですよぉ〜。マジ、ピンチなんです」

「なんだそういうことか。あっ……ごめん。今日、英語持ってきてないわ」

申し訳ないと後頭部をかきながら言うと、雪村さんはため息をついた。

「頼りなっ。私がいつ忘れてもいいように持ってきておいてよ」

「えぇ……それはきついでしょ。他の人には聞いたの？」

そう質問を投げると、雪村さんは頬を膨らませ、腰に手を当てる。

「分かって言ってるんですか？　私ぃ、友達、桐崎くんしかいないんですよ？」

「そ、そっか。ファンの人は？」

「嫌です。面倒《めんど》いのでっ！」

「そっか。あはは……」

さて、どうしたものか。と苦笑いをする。すると、九条さんが話に入ってきた。

「あ、あの……私ので良かったら」

その言葉に雪村さんは目を輝かせる。

「本当ですかっ！　やった！　それじゃ後で六組まで取りに行くねっ！」

雪村さん、すごく嬉しそう。バンザイしてるし。まあ、なんとか解決してよかった。てか、何気に九条さんのクラス知ってるんだ。

機嫌良さそうに帰っていく雪村さん。すると入れ替わるように、五美《いつみ》が教室に入ってきた。

「おお、五美。おはよ」

「おすおす。って、かーっ！　朝からいちゃついてんのか、こらぁっ！」

俺と九条さんを見て、悔しがるような素振りを見せる五美。しかし、それもすぐにいやらしい顔つきに変わる。

「とまあ、冗談はさておき。さっき希《のぞみ》ちゃんいたよな？　何してたんだ？」

「英語の教科書忘れたんだってさ」

「なるほどな。しっかし希ちゃん、可愛《かわい》いよなー。シャツのボタンなんかも外しちゃって、明らかに俺を誘っているな」

「何言ってんだ？」

「は？　とぼけんなよ。桐崎だってオープンなのがいいだろ？」

「は、はぁ？　な、なに言ってんだよ」

九条さんの前だぞ⁉　変なこと言うなよ。

不安になった俺はチラッと九条さんの顔を見る。しかし杞憂《きゆう》だったようで、九条さんは楽しそうに笑っていた。


そして時は放課後。帰り支度を済ませ廊下に出ると、九条さんが待っていてくれた。

「おまたせっ！」

駆け足で近づくと、九条さんは口を結んだまま、コクリと小さく頷《うなず》いた。

どうしたのか？　落ち着かない様子だし。メーターは真っ赤になっている。

今度こそ察するぞと、九条さんを見つめる。するとおかしな点を一つ見つけた。

なんか胸元、少し開いてない？

いつもは一番上までボタンをとめているのに。今はシャツのボタンが一つ開いている。

もしかすると、外れちゃってるのかも。

「九条さん、ボタン外れてるよ」

そう言うと、九条さんは顔を真っ赤にして目を見開いた。

「ご、ごめんね。へ、変だよねっ！」

「えっ？　いや、どゆこと？　って、九条さん⁉」

俺が言い切る前に九条さんは走り去ってしまった。聞き方間違えちゃったかな。それから数分立ち尽くしていると、シャツのボタンをいつもと同じように、上までしっかりとめた九条さんが戻ってきた。

「だ、大丈夫？」

そう聞くと九条さんは、何度も縦に首を振った。その様子が可笑《おか》しくて、笑みを見せると、九条さんも綻ぶように笑ってくれた。

と、その時だった。廊下の向こう側から、九条さんの名前を呼ぶ声が聞こえてきた。

「九条さーん！」

九条さんと一緒に声のする方に目を向けると、英語の教科書を手に持った雪村さんがやってきた。

「ありがとぉ！　助かりましたぁ！」

「良かった！」

九条さんがそう言って笑顔を見せると、雪村さんの頬が赤くなった。そして、モゾモゾと落ち着かない様子になった。しおらしいというか。

そして、ボソボソと小さな声で話しだす。

「あ、あの……お礼って訳じゃないんだけど……今度何かご馳走《ちそう》させてくれないかな？」

「えっ！　お礼なんていいよっ！　でも、雪村さんと遊びに行きたいな」

九条さんがそう言うと、雪村さんは口角を上げて嬉しそうにしていた。そんな様子を、微笑《ほほえ》ましいなあと眺めていたら、雪村さんがこっちを睨《にら》んできた。そして、顔を真っ赤にして俺を指差す。

「い、言っておきますけど、桐崎くんは、誘いませんからっ！　それじゃっ！」

そう吐き捨てて、走り去っていった雪村さん。

別に何も言ってないんだけどな。と、雪村さんの背を眺めていたら、九条さんがこちらを向いた。

「雪村さんと仲良くなれた……かな？」

「うん。なれたと思うよ！　すごく嬉しそうにしてた」

「ふふ、私も嬉しい」

「あはは、良かった！」

九条さんの笑顔につられて、笑みがこぼれる。すると、九条さんは急に俯《うつむ》いて、ボソボソと小さな声で話しだした。

「い、一緒に……か、帰ろ」

「え？　あ、うん。あっ……ごめん。その前に図書室寄ってもいいかな？」

昨日書いた手紙、読んでもらえたかな。確認しなくちゃ。

「図書室？　本探すの？」

「ま、まあ、そんなところ」

ぼやかすように答えると、九条さんは不思議そうな表情を浮かべた。

図書室に着いて扉を開く。すると、図書委員と一人の女子が話している光景が目に飛び込んできた。

あ、昨日見たショートカットの子だ。

「これ、借ります」

ショートカットの子は無表情で、分厚い本を一冊、図書委員の人に渡した。それとは対照的にニコニコと貸出手続きをする図書委員。

「神代さん、すごいね。昨日も借りてたよね？　読書ペースヤバいね」

神代さん？　あ、あの人が最後の四天王……。なるほど……。可愛いというより、美人系といったところだろうか。って、そんなことはどうでもよくてだ……。

俺は早速、腕輪物語が置いてある棚へと足を向けた。ワクワクとした逸《はや》る気持ちを抑えながら、本を手に取る。すると何かが挟まっていた。本が少し開いている。

これは！

早速、机に着いて本を開く。すると、昨日より多くのルーズリーフが挟まっていた。手に取ってみると、一枚目は手紙となっていた。

【私のお話を読んでくれたあなたへ。感想ありがとう。まさか人の目に触れてしまうとは思いもしませんでした。続きを挟んでおきましたので、お時間のある時に読んでもらえると嬉《うれ》しいです。それと、謝罪に関してですが、挟んだまま忘れちゃった私に非があるのでお気になさらず。】

ふむ、なんて良い人なんだ。返信までくれるとは思いもしなかった。しかし、これで続きが読めるぞ！

と、歓喜に震えていると、九条さんの顔がすぐ横に現れた。

「桐崎くん、これなに？」

「あ、ごめんごめん。えっとね——」

事の経緯を九条さんに説明した。すると、九条さんは納得したのか、すごくスッキリした表情を見せた。俺が、変にぼやかしてたのが気になっていたみたい。

「そうなんだっ！　すごいねっ！　この学校の人なんだよね。どんな人なんだろう」

「だねー。こう王道ファンタジーって感じだからなあ。男子かも」

そう言って歯を見せて笑うと、九条さんも一緒になって笑ってくれた。

そして笑いが収まった時だった。ふと、視線を感じ、目線をズラすと図書室入り口に突っ立っている女子がこちらを見つめていた。

神代さん？

と、目が合った瞬間、神代さんと思《おぼ》しき人は、サッと目を逸《そ》らした。そして、ゆっくりと回れ右をすると、図書室を出ていった。

騒ぎすぎたかな？　ま、何はともあれ、続きが読めるぞっ！

ワクワクとした気持ちを胸に、ルーズリーフの束を鞄《かばん》にしまう。そして、九条さんと一緒に図書室を後にした。

その日の夜、俺は家で七竜物語の続きを読んでいた。自室の勉強机にルーズリーフを広げ、時間も忘れて読みふけっていた。

いやぁ、面白い。戦闘描写はあまりないけど、謎解きが多くて読み応えがある。

そうだ。また感想を書いてみよう。

ルーズリーフを一枚取り出し、良かった点を書いていく。それと、気になった点も書いてみた。俺の読解力が足りなかったのかは分からないけど、引っかかった部分。指摘というより質問風に書いてみた。

変な印象にならないか、何回も見直しをして、七竜物語と一緒にまとめておいた。


そして、次の日の朝。春輝《はるき》と美来《みく》より早く登校した俺は、図書室にやってきた。早朝のこの時間。図書室はいつにも増して静かなものだった。

早速、前と同じように、手紙と一緒にルーズリーフの束を挟んでおく。返事はいつになるか分からないけど、帰りに覗《のぞ》いてみよう。

そんなワクワクした気持ちを胸に、教室へと向かう。教室が見えてくると、なにやらおかしな光景が広がっていた。

教室入り口に、男子数名が群がっているのだ。何事かと思い、近づいてみると男子達は、一人の女子の後ろ姿を見つめていた。

アッシュグレーのショートカットの女子が教室入り口で、顔半分だけを覗かせて、クラスの中を見つめている。好感度は50を示していた。

何をしているんだと不思議に思いながらその横を通って教室内へと入る。その際に、横目で顔を見る。

神代さん？

その女子は、無表情でジーッと教室内を見つめていた。すると、俺の存在に気付いたその女子は、目線だけを俺に向けた。そして、目が合った瞬間、その女子は口を小さく開けて「はっ！」と言うと、走り去ってしまった。

いったい何してたんだ？　というか、好感度50もあったたっけ？　最初いくつだったたっけなぁ……。それよりなんで少し好印象みたいな感じなんだろう。

謎しかない。頭の中で「んー」と唸《うな》りながら席に着く。そして腕を組みながら目を閉じていると、肩を叩《たた》かれた。

「桐崎くん？」

「ん？　あっ、九条さん。お、おはよっ！」

顔を向ければ、九条さんが微笑《ほほえ》んでいた。ちなみに今日も眼鏡である。眼鏡姿もまた、可愛《かわい》すぎる。

と、見惚《みほ》れていると、九条さんは俺の横の席に座った。そして何やら楽しそうに微笑む。

「小説どうだった？」

「うん。面白かった！　久々に夢中になったというかさー」

「そっか！　いいなー」

何がいいのだろうか。と疑問を顔に浮かべる。すると九条さんは続ける。

「桐崎くんを夢中にさせるモノを作れるのが、羨ましいなって」

そう言って照れ臭そうに笑う九条さん。俺は君に夢中なんだけどな。伝えたいけど、恥ずかしすぎて口を結んでしまう。

すると、九条さんは脇を締めて気合の入った顔を見せる。

「私も頑張らないとっ！」

可愛いなあ。って、いかんいかん。俺も頑張らないとだよな。ボケっとしてたらいけないよな。よしっ！

「九条さんっ！　その……お昼さ……二人で食べない？」

小さな声でそう誘うと、九条さんはモジモジと体を揺らしながら頷《うなず》いてくれた。ちなみに、メーターは真っ赤っかになっていた。

そしてやってきた昼休憩。チャイムが鳴ると同時に美来と春輝がやってくる。

「あーっ、やっと昼だよ。しんどっ」

「はは、まあ古典は眠いよねっ」

と、疲れた様子の二人が、俺の近くの席に座る。俺は、購買に向かうついでに二人に告げる。

「ごめん。今日、九条さんと二人で食べる約束なんだ」

そう言うと二人は、鳩《はと》が豆鉄砲を食ったような顔をする。そしてちょっと間を置いて、美来が笑いだした。

「あはは、そんな深刻な顔すんなし。何事かと思ったわ。いってらっしゃーい。んじゃ春輝、一緒に食べよっ」

「うん」

春輝が優しく頷いたのを確認し、俺は購買へと向かった。九条さんと二人でお昼ご飯。楽しみすぎて、鼻歌交じりで廊下を歩いてしまう。しかしその途中、何か違和感が走った。

視線を感じる。何者っ!?

バッと勢い良く振り返る。しかし、特に誰かが俺を見てるという様子はない。

気のせいか。

それから、いつものパンを買って、九条さんのクラスへ。高鳴る鼓動を抑え、教室前に着くと、九条さんはすぐに駆け寄ってきてくれた。

目が合う度に、心が満たされる。笑顔を向けてくれる度に、心が温かくなる。

「い、行こっか」

「う、うん！」

それから黙ったまま空き教室に来た俺と九条さんは、机を向かい合わせにして昼食を取り始めた。

辺りを見渡せば、男女のペアが二組いた。付き合っているんだろうな。なんかイチャイチャとした雰囲気を感じる。さり気ないボディタッチとか、自然だなーと眺めてしまった。

はっ！　見過ぎた！

サッと九条さんに視線を戻せば、頬《ほお》を染めて上目遣いでこちらを見ていた。そしてボソっと一言呟《つぶや》く。

「な、なんか、緊張しちゃうね」

「う、うん」

それから結局面白い話一つできずにお昼は終わってしまった。相変わらず格好がつかない。

ふと、一緒にいた男女ペアの人達を思い出す。

俺もあんな風に、九条さんに触れたりしたいな……。って、いかんいかん。欲望突っ走らせて、嫌われたくないし。


そして迎えた放課後。今日も図書室へ向かおうと廊下に出る。すると九条さんが待っていてくれた。

「桐崎くん、図書室行こっ！」

「うんっ！」

優しいな。わざわざ付き合ってくれるなんて。

そして図書室に着いた俺と九条さんは、「続き挟まってるといいね」なんて話しながら扉を開ける。すると、腕輪物語が置いてある棚の前で、ルーズリーフの束を眺める神代さんの姿が目に映った。

あ、あれって……。やばい、他の人に見つかっちゃった。

そんな焦りを覚えながら立ち尽くしていると、神代さんが顔だけをこちらに向けた。目が合うと、神代さんは小さく口を開けて、ルーズリーフの束をたたんだ。そして、ゆっくりとこちらに歩いてきた。

「これ、あなたが書いてくれたの？」

無表情でそう言った神代さんは、俺の感想が書かれたルーズリーフを広げた。

「え？　あ、そ、そうです」

「そうなんだ」

目線を落とし、少し口角を上げた神代さんは、俺の感想が書かれたルーズリーフを大事そうに両手で握った。

ヤバイ。知らない人に俺の感想を見られてしまった。メチャクチャ恥ずかしい。

「え、えっと……その感想なんだけど……」

と、歯切れ悪く言うと、神代さんは眉をキリッとつり上げる。

「その……指摘についてだけど、具体的に教えて」

「えっ？」

指摘について教える？　えっと……ちょっと待って。もしかしてその……。

「この七竜物語だけど、神代さんが書いてる？」

俺がそう問うと、神代さんは真面目な顔して深く頷いた。

「えーっ⁉　ま、マジか。あ、えっとその……初めまして。桐崎冬馬《とうま》です。本当、毎度楽しませてもらってます」

そう言って軽く頭を下げると、九条さんも自己紹介をする。

「九条桃華《ももか》です。よろしくお願いします」

すると神代さんも自己紹介をしてくれた。

「神代楓です。それじゃ冬馬、早速指摘について教えて」

と、冬馬……？　いきなり下の名前で呼び捨てなんだ。ちょっと驚き。

と、狼狽《うろた》えていると、横の九条さんも、何やら驚いたような顔をしていた。二人揃《そろ》って固まる。そんな俺たちを無視して、神代さんは机に座っていた。

「早く」

「あ、はい……」

机に座ると、神代さんは俺の感想を指差す。

「冬馬、この指摘についてなんだけど、ヒロインが主人公に好意を抱くキッカケが分からないってどういうこと？」

「あー、えっと。ヒロインなんだけど、仲間になってから、知らぬ間に好意抱いてるなーって。もしかして最初から好きだったとか？」

「違う。徐々に好きになった感じなの」

「そ、そうなんだ。なるほど……」

と、半ば納得いかない俺が首を傾《かし》げていると、神代さんはズイっと顔を近づけてきた。

「冬馬と桃華はその……どういう関係なの？」

すると、九条さんはあわあわと口を開けたり閉じたりして、落ち着きをなくす。

いざ、聞かれるとメチャクチャ恥ずかしくなるな。

「え、えっと付き合ってます」

後頭部をかきながら答えると、神代さんは顎に手を添えて難しい顔をする。そして、

「あっ」と声を漏らすと、また顔を近づけてきた。

「いい考えがある。二人を観察させて」

「か、観察……？」

観察ってなんだ？　唐突に出てきた訳の分からぬ単語に、目をパチパチとさせる。する
と神代さんは、少し不機嫌な表情を浮かべた。

「好きだとか、好かれるだとか分からないの。二人を観察すれば、勉強になると思うの」

「べ、勉強……」

理解が追いつかない。横の九条さんも口を結んで、目を白黒させている。しかし、神代
さんは、そんな俺たちを無視して満足そうに頷いた。

「それじゃ、そういうことでよろしく」

そう言って神代さんは、立ち上がるとそのまま図書室を出ていった。

まるで嵐が去った後のような静けさ。俺と九条さんは、訳が分からないと言いたげな顔で見つめ合うのだった。


それからというもの、神代さんに観察される日々が続いた。朝のホームルームまでの時間や昼休憩などなど、俺と九条さんが二人でいる時の様子をジーッと見られていた。

見張られている感は、ちょっと気疲れしちゃうな。

けど嬉《うれ》しいこともある。読書週間が終わっても、七竜物語の続きは読ませてもらえたのだ。

図書室でやり取りするのではなく、直接渡してもらえる分、やり取りはしやすくはなったけど……。

「はあ……」

気の抜けたため息をつきながら迎えた昼休憩。机に頬を付けて伸びていると、不思議そうな顔をした美来と春輝がやってきた。

「どした？」

「いや、なんでもない」

まあ、わざわざ言うことじゃないしな。それに……。

教室入り口に目を向ければ、顔半分だけ覗《のぞ》かせて、こっちを見つめてくる神代さんがいるのだ。

再び顔を前に戻す。すると、廊下側から九条さんの声が聞こえてきた。

「神代さん？　どうしたの？　良かったら一緒にご飯食べよっ！」

「大丈夫。もう食べたから」

「えっ！　早いね」

「10秒チャージ」

「10秒チャージ？」

「うん。だから大丈夫。桃華はいつも通り冬馬と過ごして」

「う、うん！」

神代さんに急《せ》かされ、九条さんは慌てて俺たちの元へ来た。そしてぎこちない笑顔を見せる。メーターは半分いかないくらいで黄色だ。

まあ、落ち着かないよね……。なんとかした方がいいかも。

「待たせちゃってごめんね」

「大丈夫大丈夫！　ささ、食べよっ」

九条さんが謝ると、何も知らない美来は歯を見せて笑う。その横で、春輝はチラッと廊下に目を向けていた。

そして放課後。今日は小説の続きを渡してもらえるとのことで、九条さんと一緒に神代さんのクラスへ向かった。

教室入り口前に立つと、俺たちに気付いた神代さんがノソノソと、ゆっくり歩いてきた。そしてルーズリーフの束を突き出してきた。

「これ、続き」

「ありがとっ！」

続きを受け取り、お礼を言う。すると神代さんは無表情のまま、くるりと体の向きを変えて教室内へ戻っていった。そして席に座ると、こちらを向く。

「こっち来て。聞きたいことがあるの」

何事かと思い九条さんの方を向くと、九条さんも不思議そうな顔を俺に向けていた。と、疑問を浮かべたまま神代さんの前の席に座る。すると、神代さんは一冊のノートを広げた。

「これ見て。冬馬と桃華を観察した結果が書いてあるの」

「ええ……」

なんか、結構事細かに書いてあるな。改めて考えると観察されてたってヤバいな。九条さんも気疲れしてるかもだし、やめてもらわないと。

と意思を固めると、教室内に着信音が鳴り響いた。目を向ければ、九条さんがスマートフォンを取り出していた。不安そうな顔に、真っ青なメーター。

「ご、ごめんね。ちょっと出るね」

「うん！　大丈夫！」

ちょっと心配だけど、笑顔を見せる。すると九条さんも笑顔を返してくれた。電話に出ると、九条さんは「うん」と頷《うなず》くだけだった。どんな会話をしているか分からない。そして通話を終えた九条さんは、ゆっくりとスマートフォンをポケットにしまうと、ぎこちない笑顔を俺に向けてきた。

「ごめんね。用事ができちゃったから、帰るね」

「う、うん。じゃあ、帰ろっか。神代さん、ごめんね」

俺も帰ろうと、席を立ち上がろうとする。すると、神代さんは眉尻を下げて、残念そうな顔を見せた。それを見た九条さんは、優しく微笑《ほほえ》む。

「桐崎くん、その……私は大丈夫！　残ってあげて」

「え、あぁ、うん……。分かった！」

きっと神代さんに気を遣ってあげたのだろう。優しいな。

浮かせたお尻をそのまま下ろし、再び席に座る。すると九条さんは、手をひらひらと振って教室を出て行った。教室内に残っているのは、俺と神代さんだけ。何を話せばいいか分からない俺は、少し気まずさのようなものを感じながら、目線をあちこちに飛ばしていた。すると神代さんが、沈黙を破った。

「二人を見ていても分からない」

「え……？」

「付き合っているからには、何か特別なんでしょ？　それが見えない」

そう言って神代さんは、机の上に広げられているノートに視線を落とした。そのノートには、俺と九条さんがいつどこで何をしていたかが箇条書きで書かれていた。

そうだ。これをやめてもらわないと……。

「そ、そっか……！　それじゃあ、観察はあまり効果がなかったね」

「うん。なかったのかも」

「うん！　じゃあ、その……違う角度から探ってみればいいんじゃないかな！」

なんとか遠回しに観察をやめてもらおうと提案する。引きつった笑顔を見せながら人差し指を立てると、神代さんは目を瞑《つむ》って思案し始めた。そして数秒経《た》つと、カッと目を見開いてこっちを見てきた。

「やっぱり、こういうのって直接心情を聞き出すのがいいと思うの。冬馬にいろいろ聞きたい」

「え？　聞くって、インタビューみたいな？」

そう問うと、神代さんは深く頷いた。

「いいよ。まぁ俺なんかの意見で役に立てるか不安だけど」

そう言って自嘲的に笑うと、神代さんは口角を少し上げて嬉しそうな表情を見せた。その際、神代さんの好感度が60に上がった。

それからいくつか質問を受け続けた。最初こそ、答えるのにすごく照れたけど、神代さんがすごく真剣に聞いてくるから、いつの間にか俺も真剣になっていた。

「冬馬は、なんで桃華のこと好きになったの？」

「え？　あぁ、なんていうかな。一目惚《ひとめぼ》れって言ってしまえばそれまでなんだけど。その……気になっちゃう原因があって……」

そう。好感度が見えるようになって、顔も名前も知らなかった九条さんの数値がなぜか高かったから。そんな些細《ささい》なきっかけで、九条さんのことが知りたいって思ってしまったんだよな。

「原因……？　それって何？」

「え？　あぁ……いや、それはなんて言えばいいのかな……。あはは……。赤い糸が見えたみたいな？」

自分でも何を言っているんだ？　と思う。しかし、数字が見えたなんて言っても信じてもらえないだろうしな。

「なるほど……。見えちゃう系。その設定は使えるかも……」

そう言って神代さんはノートにメモを取り始めた。なんとか誤魔化《ごまか》せたようだ。すると、神代さんは次の質問を投げてくる。

「冬馬と桃華の会話、特別内容がみんなと違うわけじゃないと感じるんだけど。その……友達と恋人だと、なんか違ったりするの？」

「んー……。やっぱり、浮かんでくる話題が違う気がする……かな？　友達といるときは、本当になにも考えなくても下らない話題が出てくるんだけど、九条さんといると、どんな話題が好きかなとか、どんなネタで楽しんでもらえるかなって、一回考えちゃうんだよね」

「なるほど……。息が詰まりそう」

「うっ……」

突き刺さるようなことを、真顔でボソッと言う神代さん。いつかは、さらりと考えずに話せるようになってみせるぞと、心の中で誓った。と、そんな言葉に怯(ひる)んでいると、神代さんは続ける。

「でも、きっとそういう時間が楽しいんだろうね」

少し憂いを帯びた笑顔。きっと分からないぶん、人より憧れが強いのかな。よしっ……！

「それじゃあさ、今からゲームしようよ。お互いが、互いの興味を引きそうな話題を考えるっていうの。どうかな？」

「おもしろそう」

そう言って口角を上げた神代さん。また好感度が上がっている。気づけば80を超えていた。それから夕日が真っ赤になるまで、興味を示しそうな話題を提示するゲームをしていた。やはり知識量の差だろうか。俺は常に興味をむき出しにして、神代さんの話題に食いついていた。

俺が頷いたり、「えっ」と驚いたりする度、嬉しそうに笑う神代さん。最初こそ、あまり表情の読めない子だと思っていたけど、話してみると、実は結構明るい子なんだなと思った。

次の日の朝。下駄箱《げたばこ》で靴を履き替えていると、横から二人同時に声をかけられた。九条さんと神代さんだ。

「桐崎くん、おはよ」

「冬馬、おはよう」

同時に挨拶され、怯んでしまう。俺は、「お、おはよう」と顔を引きつらせながら挨拶を返した。すると神代さんは、口角を上げて手をひらひらと振ると、先に階段の方へと歩いていった。

その後ろ姿を見送って、九条さんの方へ目を向ける。メーターは、なぜか青くなっていた。

「一緒に教室まで行こっ」

九条さんは、笑顔でそう言ってくれたけど、どうしたんだろう。教室までの道のり。九条さんは、ちらちらと俺の方を見て、何か言いたげな様子だった。そして、一年の階まで上り切った時だった。

「あ、あの桐崎くん」

「ん？」

「そ、その……昨日、どうだった？」

「昨日？」

「う、うん。神代さんとのお話、進んだ？」

眉を八の字にする九条さん。そうだ。観察されることはなくなったことを伝えないと。

「うん！　進んだ……かな？　もう観察はやめるって！」

「そうなんだ！」

満面の笑み。きっと安心してくれたんだろう。俺も一安心。けど、九条さんのメーターは変わらずだった。それから、九条さんの教室前で別れた俺は、一年四組の教室を目指す。

九条さん、どうしたんだろう。

と、教室入り口前で悩んでいるときだった。肩をぽんっと軽く叩《たた》かれた。振り返れば、春輝が挨拶代わりに軽く手を挙げる。

「お、ごめん。邪魔だったな」

「いや、大丈夫。それよりどうした？　悩みか？」

「ま、まあ……。そんなところかな」

察しがいいな。そういうところも春輝のいいところなのかもしれない。

それから自席に着いた俺は、春輝に相談した。九条さんが心配だという、漠然とした相談。そんなふわっとした内容なのに、春輝は真剣に聞いてくれた。そして、柔らかな笑みを見せると、考えを話しだす。

「きっと不安なんだよ」

「え？」

「冬馬が神代さんと仲良くなっていくことに不安を覚えているんだよ。きっと」

「そ、そうなのか？　でも俺は、九条さん以外を好きになんてならないし。神代さんだって、俺のことそんな目で見ることなんてないだろう」

俺がそう言うと、春輝はため息を一つつく。そして真面目な顔を見せた。

「それは冬馬がそう思っているだけだろ？　冬馬だって、九条さんが他の男子と仲良くしてたら、いい気分にはならないだろ？」

「あっ……うん。そうだな」

思い出す。九条さんと春輝が、俺の誕生日のために二人でひっそりと動いていた時のこと。あの時の俺は、確かに不安だったし、すごく胸が苦しかった。それを九条さんも感じているんだとしたら、俺は酷《ひど》いことをしてしまったな。

自分はモテない。モテるのはいつも春輝。それが当たり前になっていた俺は、そんなことにも気づけなくなっていたのかもしれない。

「春輝、ありがとう」

「うん。まぁ、かと言って神代さんを避けたりするのは、駄目だからな。いきなり冷たくされるのって辛《つら》いからな」

そう言って春輝は、優しく笑った。もちろん避けたりはしない。ただ、ちゃんと考えて行動するんだ。

そして時は過ぎ、昼休憩。今日は九条さんと二人で昼食を取る約束をしている。一年六組まで九条さんを迎えに行き、空き教室まで移動する。そして席に着いて、お弁当を広げた。

「今日のお弁当もすごくおいしそうだね！」

と、九条さんの手作り弁当を眺めていると、九条さんは微笑《ほほえ》む。

「ふふ、ありがとう。あ、あの……おかずの交換とかどうかな？」

顔を伏せ、上目遣いで言う九条さん。

「えっ⁉　い、いいの？」

驚きと嬉《うれ》しさで舞い上がってしまう。九条さんの手作りが食べられる。そんな歓喜に震えながら聞くと、九条さんは激しく首を縦に振った。そして、互いに震える手で箸を動かして、おかずを交換した。

九条さんが焼いた卵焼き……。ごくりと喉を鳴らし一口。うちの卵焼きとは違った味に感動しながら、俺は「んほー」と訳の分からない声を上げていた。

「美味《おい》しい？」

「め、めちゃくちゃ美味しい！」

「よ、よかった～」

ほっと胸を撫《な》で下《お》ろしている九条さんを見て、俺もよかったなと笑顔になってしまう。

今の九条さんのメーターは赤っぽい感じだし、その辺も安心。でも、ちゃんと伝えないと。

「あ、あのさ九条さん」

張り詰めた声で呼ぶと、九条さんは顔に疑問を浮かべる。

「昨日のことだけどさ、本当にごめんね」

「え？　どうしたの？」

ますます疑問の色が濃くなる九条さん。九条さんが不安がっているのは、俺の思い違いだったのだろうか。

「いや、神代さんと二人で、長いこと話していたから……」

「え、大丈夫だよ！　神代さんの小説のためだもん！　桐崎くんのアドバイスがきっと必要だから！」

必死に言ってくれる九条さん。そっか、九条さんも分かってくれてるよね。俺が自意識過剰だったみたいだ。

「ありがとう！　うん、でも小説のことしか話していないから！」

「うん！」

念を押すように言うと、九条さんは満面の笑みを浮かべてくれる。しかし、メーターは半分ほどの黄色まで下がっていた。


そして放課後。九条さんと帰ろうと一年六組まで行くと、教室入り口から九条さんと如月《きさらぎ》さんが出てきた。

「あ、九条さん、如月さん」

すると、二人が同時に俺の方を見る。すると如月さんは、目が合うなり口角をグイッと上げ、意地の悪そうな表情を浮かべた。

「残念ね桐崎。今日は、桃華と文化祭の買い出しだから」

「そ、そうなんだ」

「そそ、じゃあね～」

そう言って手をひらひらと振ると、俺に背を向ける如月さん。九条さんは俺の元へ来ると、申し訳なさそうな顔を見せた。

「桐崎くん、ごめんね。急に必要なものがでてきちゃって」

「うん！　大丈夫！　また明日ね！」

「うんっ！　ばいばい」

「ばいばい」

俺が手を振ると、嬉しそうに手を振ってくれる九条さん。二人の背中が見えなくなるまで見送った俺は、寂しく下駄箱を目指す。

春輝と美来は先に帰っちゃったしな。九条さんに確認してから春輝たちを見送れば良かったな。

と、後悔していると、後ろから廊下を走る足音が聞こえてきた。こっちに近づいてくる音に反応し、振り返ると神代さんがいた。

「冬馬、少し時間貰《もら》える？」

「え？　あぁ、いいよ」

どうせ暇だし。笑顔で答えると、神代さんは口角を少し上げた。そして、神代さんの後に続いて空き教室まで来た。席に座ると、神代さんは鞄《かばん》からルーズリーフの束を取り出した。

何回も書いては消した跡がある。すごく頑張ったんだな。

「冬馬の意見を参考に、たくさん修正した。見てほしい」

「うん、いいよ」

相変わらずの無表情で、ルーズリーフの束を差し出す神代さん。俺はそれを受け取り、目の前に置いた。

それから、具体的にどこを直したとか、どこに拘《こだわ》ったかをシーンごとに教えてもらった。

俺はその要所要所を読んでいった。

やっぱり面白いな。俺が引っかかっていた部分も気にならないレベルになっている。まぁ、単に俺が気になっていただけで、他の人から見たらそうでもないかもだけど。

「うん！　すごく良くなってると思う！　まぁ……素人《しろうと》の意見だけど」

最後は自信なげに笑いながら、後頭部をかく。すると、神代さんは嬉しそうに口角を上げた。そして、好感度は100に到達した。

「ありがとう。嬉《うれ》しい」

「うん！　あっ、そうだ！　折角《せっかく》だしさ、他の人にも見てもらおうよ！　みんなにも教えたいなーって！」

そう興奮気味に言うと、神代さんはゆっくりと首を横に振る。そして視線を下に落とし、指を忙《せわ》しなく絡ませ始めた。

「冬馬が面白いって言ってくれたから、私はすごく満足なの。それに……まだ、分からないことがあるの」

「そ、そっか！　俺で答えられることなら、何でも聞いて」

そう言うと、神代さんは黙り込んでしまった。どうしたのか。と疑問を顔に浮かべていると、神代さんは、小さな声で要望を投げてきた。

「そ、その……告白の練習がしたいの……」

「告白の練習？」

そう聞き返すと、神代さんは激しく縦に頷《うなず》いた。

「最後は、主人公がヒロインに思いを告げるんだけど、その時の心情とか書きたくて。その……そのための練習」

「なるほど」

身をもって知るということなのだろうか。しかし練習とは言え、俺にして意味があるのだろうか。しかし、手伝うと決めたんだ。やるしかないだろう。

「いいよ！　やってみようか」

席から立ち上がり、教室の隅っこまで移動する。窓から差し込む西日がまぶしくて目を細めてしまう。日に背を向けた神代さんは、さっきから落ち着きがない。

練習とはいえ、恥ずかしくなることを言うんだよな。小説のために、こんなに一生懸命なんだ。俺も真剣に応えないと。

「そ、それじゃ言うね」

「うん、いいよ」

小説の流れ的に、主人公とヒロインはくっつく。神代さんがセリフを言い終えたら、俺は「はい」だとか、「私もっ！」とか言えばいいのだろう。

よしっ……！　と身構える。しかし、神代さんは中々セリフを言い始めない。

やっぱり恥ずかしいよね。

無理しなくていいよ。そう言おうとした時だった。神代さんの口が開く。

「と、冬馬っ……！」

と、冬馬……？　いや、俺はヒロイン役じゃなかったっけ？

しかし流れを遮ることはできない。俺は「はい」と一言返事した。すると、神代さんはまた、黙り込んでしまった。結んだ唇と絡めた指先は、微《かす》かに揺れている。

な、なんだろう、この雰囲気。俺も落ち着きがなくなっていく。心が……ざわざわと騒ぎ出す。本当に練習なのだろうか。違和感が走る。この緊張感は……。

思わず固唾《かたず》を飲む。すると、神代さんは震える声で、セリフを放った。

「好き……」

「えっ……」

逆光でよく見えない神代さんの表情。俯《うつむ》いているから、余計に見えないのかもしれない。

それでも俺には、今の響きで分かってしまった。これは練習なんかじゃないんだ。いや、
たとえ練習でも応えられない。そんな気がした。

「神代さん……。その……ごめんなさい。お、俺はその……九条さんと付き合っているか
ら……。いや、違う……。九条さんだけが好きだから！」

言わなきゃいけないと思った。俺の自意識過剰でも構わない。嫌われても良い。それで
も、伝えないといと思った。

思いを込めて強く言い切る。すると神代さんは、ぎこちなく頷いた。

「うん……冬馬……ありがとう」

流れる沈黙。こういう時、どうすればいいのだろう。それにありがとうって……。胸が
痛む。

なすすべもなく立ち尽くす。すると、神代さんが沈黙を破った。

「冬馬、ありがとう。練習は終わり。すごく参考になった」

「う、うん……。その……あ、あのさ」

「ごめん、今日はもう疲れちゃったの。一人になりたい」

「う、うん」

やり場のない気持ち。感じたことのない気持ちに、どう対応すればいいのか。分からない。けど、なさなきゃいけないことがあると分かった。

俺は、急いで帰り支度を済ませ、走って教室を出て行った。

俺はモテないだとか、九条さんは分かってくれているとかじゃない。ちゃんと、九条さんに分かってもらえるように、俺が怠らないように頑張らないといけないんだ。

走りながらスマートフォンを取り出し、電話をかける。コール音がしばらく鳴ると、楽しそうな声が聞こえてきた。

「桐崎くん？　どうしたの？」

「九条さん！　いまどこにいる？」

「え、学校近くの文房具屋さんにいるよ！　それよりどうしたの？」

不思議そうな口調の九条さん。俺は息を切らしながら「伝えたいことがある」と言って電話を切った。それから足を止めずに、九条さんがいる文房具店に向かった。

店の入り口に着き、膝に手をついて呼吸を整えていると、慌てふためいた様子の九条さんが駆け寄ってきた。

「き、桐崎くん⁉　ど、どうしたの？」

心配そうな目を向ける九条さん。俺はその目を捉えたまま、ゆっくりと背筋を伸ばした。

「く、九条さん……。その……俺は君だけが好きだっ！」

息を切らしながらそう言うと、九条さんは目を丸くして固まってしまった。

「たとえ、誰かに好かれたとしても、この気持ちは揺るがない。九条さんが俺に教えてくれた沢山の初めての気持ちは、絶対に色あせないから。その……ありきたりな言葉だけど……これからも好きだよ桃華」

その言葉を放った瞬間、九条さんはハッと息を呑《の》んで口元を手で覆った。まるで、時が止まったかのように、固まってしまった俺と九条さん。

頭の中が真っ白で、よく言えたなと、高鳴る心臓の鼓動を感じながら思う。すると、九条さんは俺の目の前に歩いてきた。

「私も、冬馬くんだけが好きだよ」

照れ臭そうに笑う九条さん。九条さんから発せられた【冬馬】という単語に心臓が一回高鳴る。春輝や美来、それに神代さんに言われても何も感じなかったのに、九条さんが言うだけで、こんなにも嬉《うれ》しいだなんて……。

他の人には知りえない。俺と九条さんだけの秘密の言葉。九条さんも同じ気持ちだと嬉しいな。

と、気持ちを噛《か》み締め、固まっていると、九条さんが満面の笑みで口を開いた。

「一緒に帰ろっ!」

「うん!」

俺も満面の笑みで答える。すると、九条さんは俯いて指を絡ませ始めた。

「あ、あのね……。お願いがあるの」

「う、うん! な、なに?」

「そ、その……あのね……手、繋《つな》ぎたい」

「えっ⁉ て、手?」

思わぬ言葉に、ひどく動揺してしまう。すると、九条さんは小さく頷いた。俺は、一回深呼吸をして、震える手を九条さんの左手に伸ばす。指先が触れ、手のひらと手のひらが重なり合う。どのくらいの強さで握ればいいのだろう。と考えていると、九条さんは優しく俺の手を握った。俺も同じくらいの強さで握り返す。

今までとは比にならない心臓の高鳴り。ふと、九条さんの方へ目を向けると、メーターが真っ赤に染まっていて、天井を突き抜けていた。

　そして、潤んだ瞳を俺に向けると、見たことのない笑顔を見せてくれた。

　きっと誰もが当たり前にやっているような、人から見れば小さな幸せも、俺にはとても大きく感じ取れた。

「そそそそ、それじゃ、か、帰ろっか！」

「う、うん！」

　ずっとこうしていたい。お互い無言のまま、夕日に照らされた歩道を歩いていく。その帰り道、俺は今日あったことを九条さんに話した。話している時、不安な気持ちがよぎったけど、九条さんはずっと柔らかな表情で聞いてくれた。それがすごく、俺の心を軽くしてくれた。

「話してくれてありがとう」

「うん。あ、ところで如月さんは？」

「桐崎くんから電話があった後にね、先に帰ったの」

「そっか！」

　それからいつもの分かれ道まで、歩いた俺と九条さん。ゆっくりと繋《つな》いだ手を放すと、九条さんは俺の方へ体を向けた。

「またね」

「う、うん！」

　目が合わせられない。ドキドキするし、変な汗が出ている気がする。ただ手を繋いだだけ。そう思っていたのに、想像よりも緊張するなんて。

　チラッと上目遣いをすると、九条さんは眉を八の字にして頬《ほお》を染めていた。

「こんなに緊張しちゃうなんて、ビックリしちゃった」

　照れ臭そうに笑う九条さん。俺と同じこと考えてくれてたんだ。

「ははは、俺も同じこと思った」

　そう言って笑うと、九条さんはまるで緊張の糸が解けたかのように笑ってくれた。この笑顔をずっと見ていたい。きっと誰もが感じてきたこの気持ち。この気持ちがずっと続きますように。そんな願いを込めて、俺は再び九条さんの手を握った。

　それに応えるように、優しく握り返してくれる細い指。

　どうすれば、君が喜んでくれるか。どういう言葉を伝えれば、君が笑ってくれるか。まだまだ分からないことが沢山あるけど、これから、ゆっくり一緒に探していきたい。

　だから、今は下手くそだけど、ありのままの気持ちを伝えたい。

「桃華、好きだよ」

エピローグ

　とうとうこの日がやってきてしまった。そう……今日は土曜日。九条《くじょう》さんとの、休日デートの日だ。

　時は昼過ぎ。約束の時間まで、まだまだ時間がある。なのに、もう集合場所に来てしまった。相変わらずせっかちというか、待ちきれないというか。それでも、あともう少しで九条さんに会える。そう思うと、心が落ち着かなくなる。

「桐崎《きりさき》くん！」

「九条さん⁉」

　名を呼ばれ顔を向けると、そこにはいつもとは違う九条さんがいた。グレーのケーブルニットに、ベージュのロングスカート。そして、少し化粧をしている。なんというか、いつもより大人っぽい印象だ。

　そんな姿に見惚《みほ》れていると、九条さんは楽しそうに微笑《ほほえ》んだ。

「ふふ、早く来ちゃったかなと思ってたけど、桐崎くんも早いね！」

「う、うん！　なんていうか落ち着かなくて！」

「一緒っ」

そう言って、照れたような笑みを浮かべる九条さん。俺も照れてしまう。すると、九条さんは、俺の横にぴったりとくっついてきた。

「い、行こっ」

頭上のメーターは真っ赤で天井を突き抜けそうになっている。きっと、すごく緊張しているのだろう。俺もメーターに負けないくらい、心臓が高鳴っている。同じ気持ちだと嬉しいな。

そして俺と九条さんは映画館にやってきた。超、無難なプラン。映画デートというものだ。見る映画は、事前に話して決めてあるし、予約もしっかりしてある。あとは見て、一緒に楽しむだけ。他は大丈夫だよね？　少し不安になってきた。

発券機でチケットを受け取り、九条さんに渡す。すると九条さんは、チケットで口元を隠しながら、笑みを浮かべた。

「すごく楽しみ。原作もね、すごく良くて泣いちゃったんだ」

「そうなんだ！　俺も楽しみになってきた！」

それから飲み物を買って、劇場内へ。椅子に座って横を向けば、すぐ近くに九条さんの顔が。思わず、口を結んでしまう。

は、恥ずかしいっ！

「ひ、人多いねっ！」

「う、うん！」

眉を八の字にして、口角を少し上げている九条さん。照れ臭さが爆発して、思わず顔を背けてしまう。反対側では、仲のよさそうなカップルが、楽しそうに話をしている。

それからは、ただ静かに映画を見ていた。上映中、ふと顔を向ければ、九条さんは真剣な眼差《まなざ》しを、ずっとスクリーンに向けていた。よく、ドラマや漫画で、不意に恋人の手を握るなんてことがあるけど、今はそれをやっちゃいけない気がした。九条さんは、こんなにも映画を楽しんでいるのに、俺は変な下心を湧かせちゃって。少し自己嫌悪。

と、その時だった。九条さんがこちらを向いた。俺の視線に気付いてしまったのだろうか。申し訳ない気持ちが込みあげてくる。しかし、九条さんの表情は、どこか緊張している様子だった。唇を結んで、まっすぐに俺を見つめている。

どうしたんだろう。

そんなことを考えていると、九条さんは、ひじ掛けに乗せている俺の手の上に、手を重ねた。ドクッと脈打つ心臓。俺を捉える綺麗《きれい》な目。息が詰まる。俺はただ、見つめ返すしかできなかった。

気付けば上映は終わってしまった。途中から、内容が途切れ途切れで、よく覚えていない。手の感触ばかりが蘇《よみがえ》るような、そんな感覚。

これじゃ、九条さんと感想の共有ができない！　そんな焦りが生まれた。

劇場を出て映画館の出口目指して歩き出す。すると、九条さんが小さな声で話しだした。

「楽しかったね」

「え!?　あ、うん！　楽しかった！」

慌てながらそう言うと、九条さんは、少し申し訳なさそうに笑う。

「最後のあたり、全然内容覚えてないの。その……すごく緊張しちゃって」

そう言って最後に照れ笑いを一つ。九条さんも、俺と同じこと考えてくれてたんだ。気持ちが満たされる感覚がする。すごく幸せだ。

「俺もだよ。あはは、何しに来たんだって感じだね」

「う、うん！」

照れ笑いを浮かべる九条さん。その表情が可愛《かわい》くて、思わず下心が溢《あふ》れてくる。

君に触れたい。

「手、握っていい？」

「え！　う、うん！」

そっと手に触れて、優しく握る。すると、九条さんも握り返してくれる。手を握るなんて、小さい子でもできる。そんな風に思っていたのに、九条さんの体温を感じる度、体が蒸発してしまうんじゃないかってくらい、熱くなってしまう。

顔を向ければ目が合う。すると、九条さんは小さな笑みをこぼした。

「ふふ。桐崎くん、許可制なんだね」

「え!?」

「ドラマとかだと、その……不意に握る感じだから、面白いなって」

「そ、そうだよね。あはは……」

やはり格好がつかない。確かに、「握っていい？」なんて聞くやつがいるのかって話だ。

と、少し落胆していると、九条さんは口角を少し上げた。

「でもね、すごく嬉《うれ》しいよ。私のこと考えてくれてるのかなって思うと、嬉しい」

そう言って、最後に嬉しそうな笑顔を見せてくれた九条さん。その言葉と笑顔がすごく嬉しかった。

俺はいつも、自分が何かする度に、失敗したかななんて思っちゃうけど、そんなことはなくて、寧《むし》ろ九条さんは喜んでくれる。上映中だってそうだ。手に触れたいと思ったことも、別に間違いじゃなかったんだ。

まだまだ何が正解だとか、分からないことは多いけど、君が喜んでくれるような選択肢を選び続けたい。そう強く思った。

それから、映画館を出た俺と九条さんは、近くの公園で休憩をすることにした。辺りの人通りが少ない、静かで小さな公園。

中にある木製のベンチに並んで座って、九条さんへと視線を移す。すると、九条さんは微笑んでくれた。まだまだ明るい太陽。でも、もう傾き始めている。

「あっという間だったね」

そう言うと、九条さんは、こくりと小さく頷《うなず》く。本当に楽しくて充実していて、容赦なく過ぎていく時間が憎く感じてしまうほどだ。ただ時間が過ぎていくだけで、俺は九条さんの彼氏として、らしく振舞えているのかな。

そんなことを考えていると、九条さんが俺の方に詰め寄ってきた。触れる肩。無意識に、神経が集中している感覚に陥る。目を合わせれば、眉を八の字にした九条さんが耳を真っ赤に染めていた。

「ど、どうかな？」

「え？　何が？」

そう問うと、九条さんは視線を落とす。そして、照れ臭そうに続けた。

「彼女……できてるかな？」

「う、うん！」

照れ臭すぎて頷くことしかできなかった。再び目を合わせる。すぐ目の前にある九条さんの顔。俺のために服、選んでくれたのかな。俺のために化粧してきてくれたのかな。また、下心が溢れてくる。

伸びる手。気付けば、俺は九条さんを抱きしめていた。小さな肩に、腕を回して引き寄せる。すると、俺の背中も抱き寄せられた。優しく触れるだけの感覚。ハッキリと感じる君の存在。

「早く、自然に振舞えるように……俺、頑張るから」

「うん……！　嬉しい……！」

九条さんの手に、力が入る。俺もそれに触発されたのか、強く抱きしめてしまう。

ずっと、この時間が続けばいい。このまま時間よ、止まってくれ。そんなことを願ってしまう。

でも、そんなわけにもいかない。九条さんの肩に手を置いて、ゆっくりと離す。再び目を見ると、その目は潤んでいた。メーターは突き抜けていて、それがとても嬉《うれ》しくて、もう一度抱き寄せたくなる。

「桐崎くん……」

今にもこぼれそうな雫《しずく》。消えてしまいそうな声。その様子が愛《いと》しくて、心がいっぱいいっぱいになる。そっと手を握ると、九条さんは続ける。

「好きになったときは、こんな風になれるなんて思わなかったの。私だけの片思いかなって。でも、話せるだけで嬉しくって。世界が変わるって、こういうことなのかなって」

「俺も、同じこと思ってるよ」

俺だって、片思いで終わるんじゃないかと思ったこともあるよ。話すだけで、嬉しかったり、不安になったりしたんだ。君は、初めての気持ちを、沢山教えてくれたんだ。

「これから、いろいろ知ったり、慣れていったり、変わっていくこともあると思う。それでもね、ずっと気持ちだけは変えたくない。ずっと好きでいたい」

そう言うと九条さんは、満面の笑みで頷いてくれた。それが嬉しくて、笑みがこぼれる。照れ臭くて、もどかしくて、ずっと感じていたい気持ち。

どうか、君の好感度が、ずっと……変わりませんように。

あとがき

初めまして、小牧亮介《こまきりようすけ》です。

この度は、本作をお手に取っていただき誠にありがとうございます。また、書籍化に関わってくださった皆様に心より感謝申し上げます。

今回、この作品を書こう！　と思い立ったのは、少女漫画にハマりすぎたことが原因です。それだけではないのですが、それが一番大きいかなと思います。何と言いますか、憧れの人に近づこうとか、最初こそ興味のなかったイケメンだけど、アプローチされる度に、内面に惹《ひ》かれていくだとか、そういうのって素敵だなと思うのです。

そういったもどかしい物語を、自分なりに作れたらなと思ってしまったわけです。優しい人と優しい人の小さな恋愛物語。他人から見たら、ちっぽけで何ともないことが、二人の間では、とても大きくて、綺麗《きれい》で。ガラクタにしか見えないものも、どんな宝石よりも輝いて見えるような大事なもの。そんな、若い時にしか感じられない、色あせてしまったものを思い出したい。そんな思いを込めながら書きました。

学生っていいですよね。思い出します。私の場合、友達と馬鹿笑いしてるだけで毎日が楽しくて、恋愛のれの字も感じられないものでした。それでも好きな人の一人はいたものです。クラスは違ったんですけど、放課後の講座で一緒だったり、体育祭の応援の練習で見かけたり、それだけで胸がいっぱいになる日々を過ごしていました。次のテストで順位が良かったら、話しかけてみようとか、持久走のタイムでベストを出せたら、話しかけてみようとか、いろいろ自分なりに動機を作っていました。結局、どれを達成しても、最後の勇気は出せなかったんですけどね。それでも楽しかったです。今思えばですけど。

学校ってすごいですよね。教室という一室に、男女四十人くらいが集まって毎日を共に過ごすって。いろんな人と一緒に、同じものを学んで、同じ季節を過ごしていく。そこで積み上げるものは個人によって違って、目指したいものも違ってくる。希望に満ち溢《あふ》れているものです。

最近、会社帰りの途中、ふと思うことがあります。今見てる景色が、この二十何年の間に、全く違うものになっているなと。目に映るものというより、感じ方が変わってきたなと。心だけが、どこかに置いてかれたような気分になります。今の自分が、母校の教室から外を見たら、どんな思いが溢れるのでしょうか。

最後に謝辞を述べさせていただきます。

今回、カクヨムより拾ってくださった担当者様、声をかけていただき本当にありがとうございました。私自身が本を読まない人であるため、いろいろと質問をさせていただきました。変な質問もあったかと思います。それでも、どの質問にも丁寧に教えてくださり、大変助かりました。また、私の都合で、打ち合わせなども夜遅くにしていただいたりと、本当にありがとうございます。とても貴重な経験をさせていただきました。改めて、心より感謝申し上げます。

続きまして、イラストレーターを担当してくださった遠坂《とおさか》あさぎ様。お忙しい中、挿絵の担当をしていただき、本当にありがとうございました。キャラクターデザインを初めて頂いた時の感動は今でも覚えています。文を書いている時、私の中でキャラクター像というのはぼんやりと浮かんでおります。しかし、イメージがぼやけているといいますか、言ってしまえばシルエットのような感じなのです。キャラクターデザインを頂いた時、初めて色が付いたといいますか、頭の中でハッキリと線が引かれたような感覚を覚えました。それからは話を考えたり、読み返したりするのがとても楽しく、まるで別世界に行ったような気分でした。モノクロの世界に彩りを与えてくださったことを、心より感謝申し上げます。

今回の書籍化は、自分の人生にとって大きな財産になりました。本当に、本当にありがとうございました。またどこかでお会いできれば幸いです。

好《こう》感《かん》度《ど》が見《み》えるようになったんだが、ヒロインがカンストしている件《けん》

著　小《こ》牧《まき》亮《りょう》介《すけ》

角川スニーカー文庫　21478

2019年3月1日　初版発行

発行者　三坂泰二

発　行　株式会社KADOKAWA
〒102-8177 東京都千代田区富士見2-13-3
電話　0570-002-301（ナビダイヤル）

印刷所　旭印刷株式会社
製本所　株式会社ビルディング・ブックセンター

Printed in Japan　ISBN 978-4-04-107973-7　C0193

★ご意見、ご感想をお送りください★

〒102-8078 東京都千代田区富士見 1-8-19
株式会社KADOKAWA　角川スニーカー文庫編集部気付
「小牧亮介」先生
「遠坂あさぎ」先生

角川文庫発刊に際して

角川源義

第二次世界大戦の敗北は、軍事力の敗北であった以上に、私たちの若い文化力の敗退であった。私たちの文化が戦争に対して如何に無力であり、単なるあだ花に過ぎなかったかを、私たちは身を以て体験し痛感した。西洋近代文化の摂取にとって、明治以後八十年の歳月は決して短かすぎたとは言えない。にもかかわらず、近代文化の伝統を確立し、自由な批判と柔軟な良識に富む文化層として自らを形成することに私たちは失敗して来た。そしてこれは、各層への文化の普及滲透を任務とする出版人の責任でもあった。

一九四五年以来、私たちは再び振出しに戻り、第一歩から踏み出すことを余儀なくされた。これは大きな不幸ではあるが、反面、これまでの混沌・未熟・歪曲の中にあった我が国の文化に秩序と確たる基礎を齎らすためには絶好の機会でもある。角川書店は、このような祖国の文化的危機にあたり、微力をも顧みず再建の礎石たるべき抱負と決意とをもって出発したが、ここに創立以来の念願を果すべく角川文庫を発刊する。これまで刊行されたあらゆる全集叢書文庫類の長所と短所とを検討し、古今東西の不朽の典籍を、良心的編集のもとに、廉価に、そして書架にふさわしい美本として、多くのひとびとに提供しようとする。しかし私たちは徒らに百科全書的な知識のジレッタントを作ることを目的とせず、あくまで祖国の文化に秩序と再建への道を示し、この文庫を角川書店の栄ある事業として、今後永久に継続発展せしめ、学芸と教養との殿堂として大成せんことを期したい。多くの読書子の愛情ある忠言と支持とによって、この希望と抱負とを完遂せしめられんことを願う。

一九四九年五月三日